CUANDO EL SOL SE PONE, NO SALE

MICHELLE LÓPEZ

Primera edición: enero, 2022
Corrección: Amanda I. Valentín Vázquez
Diseño de portada: Michelle López

Lolamento LLC
@quelolalolamento
Moca, Puerto Rico
ISBN: 978-1-7334907-2-6

A Abuela Lola, los recuerdos se fundían en las grietas de tu memoria y solo me quedaban tus manías.

—Ay, Leria, creo que me estoy volviendo loca. —le dijo mi abuela a mi tía después de olvidar dónde colocó las llaves en la mañana, días después de haber sido diagnosticada con Alzheimer <<sin saberlo>>.

—Ay, ma'i, —le dijo mi tía mientras cabeceaba que no pero de espalda a mi abuela. Ella guardaba consigo el secreto de la enfermedad. Porque, ¡ay!, si mi abuela supiera... sí enloquecería.

Más aún sin decirle, a mi tía se le olvidaba que el que calla, otorga.

CUANDO EL SOL SE PONE, NO SALE

El contenido de este libro no está dividido en capítulos.

Las tardes calurosas de verano van mejor con un té helado que con un café, pero cuando se nace con el calor en las entrañas no vale más uno que el otro. La agarradera de la taza se siente lisa y se observa un color crema blancuzco, porque el diseño original se ha desvanecido con el pasar de los años; solo queda lo crema del marrón que había. Los labios tocan el caliente líquido que se desparrama por la lengua con llegada triunfal a la garganta. El quemazón, a estas alturas, luego de largos años de sorbos de café ardiente, es como un viejo acompañante que ofrece cierta cordura en altas temperaturas. Rosa siente que la piel va fundiéndose en su cuerpo como le pasa a la cera cuando prenden una vela. Está por salir al balcón, para ver si la tarde se apiada de ella enviando un poco de brisa, cuando escucha a la criatura llorar.

Olvida el calor impregnado en su frente y camina hasta el único cuarto dormitorio de la casa que comparte

11

con la pequeña muñeca que le acompaña. La toma en sus brazos rápidamente y eleva el cuerpecillo de porcelana hasta su cara empleando cucamonas hacia la pequeña. Escucha la risa tierna haciendo eco en sus oídos y apaciguando las emociones erráticas debido al calor. La mece como para dormirla: como ha hecho con sus otros hijos que ya no están. Observa que la criatura ha vuelto a dormirse. Le sonríe tocando con la yema de sus dedos el finitillo de los labios de la pequeña. Están un poco fríos, siente miedo, pues no quiere que sufra un resfriado, otra vez; en esta etapa los chiquillos son tan vulnerables que cualquier viento le provoca enfermarse. Cobija a la pequeñita con una manta amarilla y fruncida que reposa cerca del cabezal. Ella cree que la bebita le ha sonreído dormida, sí, le ha sonreído.

Vuelve a la cocina a buscar el café que dejó en la mesa; lo acerca a sus labios nuevamente, pero ya está frío. Con una mueca, que traduce el disgusto de haber probado un café frío, devuelve la taza a la mesa. Escucha un ruido en el baño y, sigilosa, se acerca para ver de qué trata. Sus piernas delgadas van acercándose al cuartito diminuto, no muy lejos de donde estaba parada hace unos segundos. Ve el cuerpo encorvado en el lavabo como si lo estuvieran limpiando.

—¿Qué hace ahí? —le pregunta a la figura robusta delante de ella. La mujer levanta su cabeza mirando hacia atrás y le regala una sonrisa.

—Limpio el baño. Está un poco desordenado. Estoy dejando todo bonito para cuando lo tengas que usar. Aquí para servirte.

Ella se queda mirándola un poco dudosa de las palabras que la mujer pronuncia. Se rasca la cabeza por un rato antes de volver a hablar.

—¿Por dónde entraste? Yo no te vi entrar.

—Estabas ahí en la sala cuando llegué, pero te fuiste al cuarto dormitorio y yo aproveché y decidí ser útil.

—Ah, llegaste cuando se despertó la niña. Ya está dormidita.

—Debe ser. ¿Ya te tomaste el café y te comiste el emparedado que te preparé?

—No me apure, señora, no eres mi madre.

—Perdóname, Rosa. Es que en estos tiempos es una locura que se pierda la comida, imagínate. Con las guerras, la hambruna y sabe Dios qué más.

—En eso sí tienes razón. Sigue en tu afán, pues. No molesto.

La mujer en el cuarto de baño continúa su faena. Rosa se queda observándola un rato. Necesita estar más pendiente cuando la gente entra a la casa, piensa. Se voltea de regreso a su café frío, toma la taza en la mano nuevamente y camina hasta el fregadero para verter el líquido oscuro. El ruido del líquido esparciéndose por el drenaje le genera satisfacción. ¿Qué se cree esa señora? Entra por su casa, le prepara emparedados con café, se pone a limpiar, ¿acaso le dice sucia?, luego le exige que consuma lo que ella ha creado, piensa mientras frunce el ceño y la boca se le va rizando terminando en un piquito.

Como si alguien la hubiese llamado, Rosa mueve sus piernitas veloces por el pasillo, que queda a continuación de la cocina, hasta llegar al dormitorio. Ve a la criatura aún en la cama, se le acerca para acomodar la mantita y se dispone a hacer aquello por lo que había llegado al cuarto. Abre la gaveta del tocador y rebusca entre las cosas dispersas. Dónde está, dónde está, piensa. En un lapso corto de tiempo rebusca entre los papeles, hilos, botones, estampitas, bolígrafos y demás misceláneos que descansan en el recuadro de la gaveta, pero sin suerte alguna de encontrar aquello que busca. Siente enojo y se imagina lo peor. Esa señora que ha entrado a su baño sin su consentimiento, probablemente, también entró a su dormitorio y rebuscó entre sus pertenencias en el tocador. Qué poca vergüenza, imagina.

Sale hacia la cocina, nuevamente, decidida a enfrentar a la señora, pero ve a la niña María sentada en el sillón color rosa viejo de la sala de estar, que se conecta a la cocina y tiene como barrera la mesa donde hace unos minutos atrás descansaba su taza de café. La niña siempre le ha servido de amiga, así que decide contarle. Camina hacia la sala y le hace señas con la mano a la joven sentada y visiblemente cansada por el calor. Tiene unos 13 años y el pelo rizado peinado en una dona con las greñas asomadas hacia fuera, dan la ilusión de una corona en su cabeza.

—Venga, niña —le susurra Rosa mirando discretamente hacia el baño para evitar que la señora la vea.

María se levanta del asiento y camina lentamente hacia quien la llama. Tiene los ojos más abiertos de lo normal y la cabeza está más al frente que su cuerpo, insinuando que trata de escuchar los susurros de Rosa. Rosa sale hacia el balcón por la puerta que está abierta y la niña demuestra un poco de duda y miedo. Sale rápidamente temerosa ante la próxima hazaña de la mujer que la llama. Rosa está parada con sus manos en la cintura y chocando el suelo con su pie derecho mientras espera que la niña salga. Desde pequeña, chocaba su pie contra el suelo para canalizar la energía cuando sentía ansiedad o estaba exaltada.

—Venga, mamita, yo no sabía que tú estabas ahí. ¿Por qué no me saludaste hoy?

—Yo sí la saludé cuando llegamos —le contesta la joven a Rosa— Es que usted estaba un poco mareada, yo creo por el calor del día. Mami dijo, hoy Rosita está ida.

—¡Yo no vi a tu madre! Pero que me venga a saludar. Mira, pero, mamita, yo te tengo que decir algo a ti. Es que las cosas que pasan. ¿Tú viste a la señora que está en el baño limpiando?

María cabecea que sí.

—Esa señora le está pidiendo dinero a Rodolfo por limpiar y Rodolfo se lo está dando. Y ella se está aprovechando. Yo fui a buscar mi librito de oraciones en

15

la mesita y no está ahí. Seguramente, ella también lo cogió. —Rosa empieza a parpadear de manera exagerada y tuerce la boca. Las lágrimas comienzan a aglomerarse en sus ojos y, poco a poco, una a una, van bajando desmedidas por su rostro.

—Yo vi el librito en la mesita de comedor, ¿quiere que le lea? —le dice la joven un poco preocupada por el acontecimiento. Rosa se limpia las lágrimas y seca sus manos húmedas en la falda que lleva.

—¿De verdad lo viste ahí? ¿Cuándo? Ay, niña, a mí me pasan unas cosas. Ven, sí, léeme un ratito la oración al Niñito, venga.

Ambas entran de nuevo a la casa dirigiéndose hacia la mesa en busca del librito de oraciones. Al lado de donde una vez estuvo la taza de café, descansa el librito descuidado que había causado tanta discordia en Rosa. María lo agarra triunfalmente y se lo muestra a la mujer que la mira tiernamente. La joven le hace señas a Rosa para que se vaya a sentar con ella en el sillón donde ella estaba ahorita. Se sientan y Rosa, con una grata sonrisa, la escucha leer. Mientras va leyendo, como si su vocecita provocara serenidad, Rosa parpadea lentamente luchando contra el sueño que la consume; ni el ardor de la mañana que le da la bienvenida a la tarde evita que ella se disipe en una siesta.

Rosa despierta en su cama entrada la noche. El calor, que se muestra en la parte trasera de la bata que lleva puesta, le ha provocado que abra sus ojos incómoda. Extiende su brazo por la cama sintiendo el colchón donde descansa hasta encontrar lo que busca: el cuerpo pequeño al que arrastra hasta su pecho. Empieza a tararear una melodía y suavemente mece a quien carga en sus brazos. Ve la sombra de alguien acercarse a la puerta del cuarto, casi sufre un desmayo hasta darse cuenta de quién es.

—Rodolfo, ¿me quieres matar de un susto?

El hombre sonríe, pero no contesta. Se acerca hasta ella. Ella intenta levantarse mientras él lo evita y se queda sentada en la cama.

—No te levantes. Ya es hora de andar dormida. ¿Qué te ha despertado? —le pregunta.

—La niña estaba llorando. De seguro tiene hambre, ¿me pasas la botella que está en el tocador, por favor?

El hombre mira hacia el lugar que ella indica, pero no ve lo que Rosa le pide.

—Creo que ya se ha dormido.

—No seas insolente, ¿acaso no la escuchas? —Rosa comienza a canturrear nuevamente, mas esta vez más deprisa. El hombre observa que Rosa está volviéndose un poco impaciente, toma posesión de un viejo bote plástico y se lo entrega. Rosa lo toma y lo pega en los labios de la pequeña que mece entre sus brazos. Sigue tarareando mientras se va recostando; dulcemente coloca a la criatura a su lado y le acaricia el rostro mientras que el hombre la vuelve a arropar. Baja su cabeza hasta la frente de ella y la besa cariñosamente. Ella cierra los ojos agradecida y, poco a poco, trata de agarrar el sueño.

La mañana siguiente, Rosa amanece un poco más cansada de lo usual. Se levanta de la cama y empieza a buscar en el armario de madera una muda de ropa para cambiarse. Entra al dormitorio la señora que limpiaba el lavabo el día anterior.

—Ay, Delfina, ayúdame aquí con este gavetero que no me abre.

La mujer, rápidamente, responde al llamado de Rosa y la ayuda a conseguir una batita de florecitas que le traía gratos recuerdos.

—Mira esta batita que te conseguí, —le dice mostrándole la prenda azul que aguanta con ambas manos— es fresca, ideal para estos días tan calurosos de verano.

Rosa mira la bata con perspicacia cambiando su mirada a la de Delfina. Su sonrisa cambia a unos labios serios y perchados. Va caminando en reversa chocando con la cama acomodada en la esquina.

—Cuidado, que te caes. Mira, la batita para que te cambies.

—¿Cómo entró a mi casa? ¿Rodolfo te dejó entrar?

—No, cálmate, vine a ayudarte, estoy aquí para cuidarte y servirte —poco a poco Delfina trata de acercarse a la mujer confundida que no la reconoce. Finalmente logra estar al lado de Rosa y se acerca para cubrirla con un abrazo. Rosa empuja el cuerpo de Delfina de inmediato.

—Ay, pero, mira qué bonita amaneció la niña —le dice Delfina a Rosa señalando a la pequeña que está enrollada en la manta amarilla. Rosa cambia su mirada a la muñeca calva de ojos abiertos. Una sonrisa se empieza a dibujar en sus labios resecos. Delfina aprovecha para acercarse a la mujer y cubrirla en un abrazo. Rosa permite el cariño y le responde: <<Sí que amaneció bonita hoy>>.

Delfina está preparando el desayuno cuando Rosa llega a la cocina con la bata azul de flores puesta. Observa a María sentada en su rincón favorito, y, como niña de primaria gozosa de encontrarse con su mejor amiga, va a saludarla.

—Ven conmigo, para que veas a la nena. Amaneció tan bonita hoy.

María responde al pedido levantándose del asiento y caminando con Rosa hasta el cuarto dormitorio. La mujer le señala a la muñequita que estaba acostada en la cama sobre una sábana de lunas y soles. Rosa le acomoda el traje que lleva puesto y mira sonriente a María.

—¿Viste que linda se ve hoy?

La joven asiente.

—Ese traje se lo compró Rodolfo en Nueva York. Es el más lindo que tiene. Es tan buena niña.

—Qué bonita, —le contesta María— me gusta mucho su traje.

—Rodolfo tiene muy buen gusto. Es tan chiquitita. Mírala cómo te mira. Creo que te reconoce. ¡Ay!, se está riendo, niña, que buena compañía le haces.

María mira a la muñeca, acomodada en la cama, que no se mueve ni mira ni se ríe, pero asiente con la cabeza como si escuchara y viera lo mismo que Rosa.

A la hora del almuerzo, Delfina sirve la sopa de calabaza que preparó. Se sientan a la mesita que sirve como centro en la casa de Rosa. Delfina hace una pequeña oración previo al consumo. Luego, ella y María comienzan a comer, pero Rosa se queda mirando la crema sin tocarla.

—¿Está todo bien? La sopa estuvo fuera un rato, no debe estar muy caliente si eso te preocupa. —le indica Delfina poniendo su mano izquierda sobre la mano derecha de Rosa que sostiene la cuchara, pero no la ha levantado. Rosa no contesta y simplemente mira al tazón que tiene al frente sin decir nada.

—Quizás puedo traer a la niña —sugiere María recordando la alegría que le provoca la muñeca a Rosa cuando está confundida. Sin embargo, Rosa no contesta. Se encuentra en un éxtasis de introspección del que no puede salir. Observa el plato hondo que contiene el líquido espeso color naranja; agarra un utensilio, al momento ha olvidado para qué sirve; está sentada al lado de personas que siguen conversando con ella, mas ella no desea hablarles; siente calor y no le apetece comer.

Levanta la mano con fuerza frunciendo las cejas y rápidamente la baja chocando su puño contra la mesa.

—Cuidado, Mother, te vas a lastimar. —le dice Delfina preocupada por la fragilidad del cuerpo de su madre—. Estoy aquí para servirte, puedo ayudarte a comer, no tiene porqué hacerlo sola. La ayudamos.

Suavemente, Delfina remueve la cuchara plateada que Rosa sostiene y le acomoda el pelo detrás de la oreja para evitar que interrumpa el proceso. Despacio, lleva la cuchara con sopa hacia la boca de Rosa, quien la abre para permitir la entrada, pero su mirada se queda fija en el sopero.

María, un tanto asustada, vuelve a retomar el consumo de su sopa. No sabe cómo reaccionar para agradar a Rosa y a su madre en esta situación. Observa que el dedo meñique de la mano izquierda de Rosa choca con la mesa rítmicamente. Recuerda el pie de la abuela el día anterior. Casi ha terminado su sopa cuando lleva su mano hasta la de la abuela, que todavía tiene la mirada fija y congelada en el abismo del sopero que tiene enfrente. Como si al tocarla se produjera una corriente eléctrica, Rosa da un pequeño salto en su silla y eleva su vista para encontrar a la niña y le sonríe encogiendo sus ojos. La carita se le arruga más de lo normal y María le devuelve la sonrisa.

Cuando Rosa ya está dormida, a eso de las siete de la noche, Delfina y María se preparan para marcharse. María está sentada en su sillón predilecto, mientras

Delfina prepara los medicamentos para el próximo día. La puerta de enfrente se abre lentamente y entra un hombre delgado y alto. Le sonríe a la joven que está casi dormida. El hombre camina hasta ella y le acaricia la cabeza revolcando sus cabellos ya despiertos.

—¿Cómo está mi sobrina favorita? —le pregunta a María.

—Bien. —dice ella entre risas.

El hombre camina hacia la cocina donde está su hermana.

—Ya casi termino. Hoy tuve que ayudarla a comer, pero me llamó por el nombre en la mañana cuando me vio.

—Es de las mejores cosas que nos puede pasar. Traje un abanico para su cuarto dormitorio, está muy caliente.

—Ay, Gerardo, sabes que puede tropezarse si se levanta. Entre menos cosas tengamos, mejor.

—Delfina, se está derritiendo. Ayer despertó desesperada por eso, ya te lo dije.

Delfina tuerce los ojos, suspira y continúa la tarea que empleaba. Gerardo se inclina hacia la pared con los brazos cruzados y bosteza.

—Ahorita, preparé café, caliéntate un poco. ¿Cenaste antes de venir?

—Me comí algo. Vete, mujer, María está muy cansada, ya está dormida.

La mujer le da un beso en la mejilla al hermano, despierta a su hija, se despiden a lo lejos y se marchan.

Gerardo se asoma por la puerta que da a la habitación de su madre y la observa en un sutil ronquido descansando tiernamente. Recuerda los momentos de niño junto a su madre, padre y hermanas. Delfina y él se habían encargado de cuidar a su madre enferma en los últimos tres años. Aun con la gravedad de la enfermedad, hay días buenos. Coloca el abanico cerca de la puerta de salida y lo conecta al receptáculo eléctrico. Lo enciende en modo bajo.

Gerardo camina a la cocina a calentar el café que su hermana le dejó preparado. Tararea la canción que venía escuchando en su Jeepeta vieja color roja. La había adquirido usada hace seis años atrás, cuando su madre aún lo reconocía. Recuerda los paseos que tomaban juntos por los pueblos vecinos. A veces, su hermana y sobrina los acompañaban. Paraban a degustar manjares locales o a explorar las cuevas que recientemente habían sido adquiridas por inversionistas. Su madre siempre le contaba en sus paseos cómo al padre de Gerardo le hubiese encantado viajar con ellos si todavía viviese, <<tu padre siempre quería una guagüita como esta. Si la viera, estaría muy orgulloso>>, le decía.

Después de un minuto, el microondas suena: el café está caliente y listo para recibirlo ardiente, tomárselo así de caliente lo había aprendido de su madre. Prueba el primer sorbo, está más caliente de lo usual, lo que implica que Delfina lo había preparado hace poco. Retira el líquido de sus labios y cierra sus ojos dejando salir un poco de aire de su boca para refrescar la lengua. Sopla delicadamente el líquido marrón oscuro. Se sienta en el sillón de la sala con café en mano. Prende el radio y comienza a escuchar un poco de música para que el sueño no lo venza y pueda saludar despierto la madrugada.

El calor de la noche vuelve a atormentar al cuerpo de Rosa mientras duerme. Abre sus ojos mientras todavía está oscuro. Ve un celaje cerca de la puerta: menudo y frágil se observa a lo lejos.

—¿Mama, eres tú? —le pregunta Rosa a lo que ve.

—Soy yo, hija mía —le contesta.

—Ay, Mama, ahí parada así le saca el corazón a cualquiera. ¿Qué haces ahí parada observándome?

—Pero, ¿por qué crees que te voy a estar observando? Yo cuido de mis hijos.

—Mama, pero si tú eres más vieja que yo; soy yo quien debo estar cuidándote a ti.

—Las madres cuidan de los hijos, no al revés.

—Ay, Mama, siempre tan propia. Ven aquí... conmigo y acuéstate. Está caluroso, pero las madres con los hijos, no tan apartes.

El cuerpo se queda donde está y no se mueve hacia la mujer acostada en la cama empapada de sudor.

—Mama, ven. Es un mandado —le dice en voz alta Rosa al celaje. Pero el cuerpo no responde y le deja de hablar. Rosa se levanta cuidadosamente y siente el frío del suelo en la planta de los pies: el piso es lo único que no está cálido en esta casa. Camina hacia el celaje que está acomodado cerca de la puerta de su habitación. Cuando llega ve el aparato crema grisáceo que se queda mirándola sin devolverle a su madre.

—¿Qué hiciste con Mama, demonio? —le grita nerviosa al ventilador. Mientras agarra la cabeza redonda del aparato, sus pies resbalan y su cuerpo choca contra la pared, su cabeza impacta fuertemente contra ella. El abanico cae. Gerardo había cerrado sus ojos en el sillón de la sala, pero se despierta incierto al escuchar algo caer en la habitación de su madre. Camina al dormitorio un poco mareado, acababa de despertar. Al llegar, escucha a su madre balbucear. Está sentada al costado de la cama mirando hacia el gavetero de ropa frente a ella. Sigue hablando en voz baja y parece que comienza a llorar.

Gerardo se siente conmovido y preocupado, pero no desea interrumpir a su madre. Por lo general, él se queda observándola y responde cuando ella se percata de su presencia o cuando presenta peligro. Rosa cambia su mirada del gavetero al rostro de Gerardo, y a Gerardo se le aprieta el pecho. Su madre lo observa mientras sigue pronunciando palabras en una voz muy baja. Rosa se apoya de la cama y empuja su cuerpo tratando de acostarse. Mientras lo hace, vira la cara dejando ver el lado derecho de su cabeza, el cual sangra. Gerardo corre hacia donde ella está sentada para asegurarse de estar viendo correctamente y toca a su madre, que continúa hablándose a sí misma en voz baja, en la frente.

—Madre mía, ¿qué te ha pasado? —dice mientras siente la sangre fresca adherirse a la yema de sus dedos.

Camina hacia la cocina en busca de una toalla. Abre el grifo, para mojar la toalla que consiguió con el agua cristalina que sutilmente baja a acariciar la tela. Mientras lo hace, se sostiene del refrigerador que está situado cerca de donde está parado y respira hondo. Piensa en su madre aturdida por el incidente y en la voz de su hermana haciendo eco por toda la casa cuando le toque el turno de llegar.

Detiene sus pensamientos y camina hacia el dormitorio nuevamente. Su madre, todavía, balbucea dulcemente y él no la comprende, pero su voz le recuerda a cuando él era niño y ella le leía. Limpia delicadamente con la toalla el rostro de Rosa; ella se aparta un poco cuando siente el frío de la toalla mojada.

—¿Sabes cómo pasó? —le pregunta con esperanzas de que su madre le hable como ha hecho en todas las noches anteriores, pero Rosa permanece en su trance. Gerardo mira el reloj que carga en su brazo izquierdo. Son las cinco y media de la mañana, su hermana pronto llega. Usualmente lo hace entre seis y media y siete de la mañana.

Gerardo consigue limpiar por completo el rostro de su madre dejando ver el golpe latente en la parte derecha del alto de la frente. Su madre ha descontinuado el vómito de frases sin sentido. Ahora, permanece callada y sentada. Comienza a observar a Gerardo, que camina hacia ella después de salir de la habitación por un momento. Trae en sus manos un vendaje color crema, le desprende la envoltura de plástico.

Primero, unta en la herida un poco de crema antiséptica, seguido del plegue del vendaje, asegurándose de no pegarlo en los cabellos grisáceos que le decoran la cabeza a Rosa. Gerardo prosigue a darle un beso en la nuca. La escucha casi gimiendo pero con los ojos secos.

—Ven conmigo para la sala, Mother, puede volver a dormir lueguito.

El hijo toma de la mano a Rosa y ella levanta su cuerpecillo. Camina lentamente con él, divisando los pasos que toma por el cuarto oscuro al que comienzan a asomarse algunos tenues rayos del sol por las ventanas de aluminio. Cuando están llegando a la puerta para salir de la habitación, cerca de donde yace el abanico, Rosa se detiene. Mira al aparato perpleja, y, a la vez, con furia.

—Tú te llevaste a Mama, malparido —vocifera Rosa en contra del aparato y con pocas fuerzas le ofrece una patada. Gerardo se queda absorto ante el acontecimiento y las palabras de su madre.

—Venga, Mother. Yo me deshago de eso antes de irme, lo prometo.

—Rodolfo, ¿puede dejar de decirme Mother? Yo no soy ninguna madre suya.

Gerardo carcajea y la sigue llevando de la mano a la sala de estar. La sienta en el sillón donde habitualmente encuentra a María cuando llega en las tardes. Rosa mueve su pie derecho dando pequeños golpecitos contra el suelo. Tiene su boca entreabierta, pegando y despegando sus labios al mismo ritmo que mueve su pie. Gerardo se sienta cerca de ella y la toma de la mano. Rosa detiene el movimiento.

—¿Cómo te sientes? —le pregunta.

—Pues, mijo, yo estoy lo más bien, dentro de todo.
—le contesta Rosa con la mirada pícara.

—Me he llevado un buen susto.

—Siempre has sido un miedoso.

Gerardo se ríe fuertemente mientras Rosa lo observa y empieza a reírse con él. Ambos están entrelazados en carcajadas nobles y miradas de cómplices. Rosa descontinúa la risa y toca con su mano izquierda la herida provocada por la pared hace unas horas. Cierra levemente sus ojos y se queja.

—Ay, me duele aquí —dice mientras siente el vendaje que su hijo le colocó hace momentos atrás. Gerardo siente un frío por detrás de su cuello y teme que su madre se remueva el vendaje y le dice:

—¿Quieres cafecito? Delfina hizo antes de irse. Podemos calentarlo y tomarnos juntos un cafecito, ¿qué te parece? —eso acapara la atención de Rosa quien remueve la mano del vendaje.

—¿Por qué Delfina vino aquí a hacer café? Yo puedo preparar mi propio café.

—Sí, Mother, lo hizo en un gesto de benevolencia.

Rosa tuerce sus labios dudosa del comentario de Gerardo.

—Pues, traeme del café ese entonces. Caliéntalo bien.

—Sí, Mother, sé como te gusta.

—Bueno. —le dice ella con un gesto de aprobación con la cabeza. Comienza nuevamente a mover su pie y sus labios.

Gerardo camina hacia la cocina con total visibilidad a la sala de estar donde se encuentra sentada su madre. Ella permanece mirando a la pared con leves movimientos de pie y labios, como si su cuerpo quisiera estar sentado en una silla mecedora.

Gerardo enjuaga la taza donde tomó café en altas horas de la noche y se sirve un poco más de café. En otra taza, vierte lo que queda del café que su hermana había preparado y lo mezcla con un poco de canela. Lo calienta en el microondas, cambiando su vista entre la taza de café que prepara y su madre que se encuentra sentada en la habitación aledaña. Siente culpa. Delfina le había advertido de las consecuencias de traer un objeto nuevo a la casa, y más cuando ella dormía. No la escuchó.

El timbre del microondas interrumpe a Gerardo del lamento de sus pesares. Su madre lo lleva observando desde lejos. Está parlanchina, piensa, el doctor dijo que eso siempre es bueno. Toma ambas tazas ardientes y camina nuevamente hasta donde está Rosa esperándolo.

—Siempre tan calmado, Rodolfo. —Rosa le dice a Gerardo mientras acepta la taza que le ofrece su hijo.

—Tómala con cuidado. Está extremadamente caliente.

—Si no, no la quiero. —le sonríe tiernamente, y pega los labios para disfrutar el caliente del líquido.

—¿De qué deseas hablar en esta hermosa madrugada de hoy? ¿No tienes ganas de hacerme un cuento?

—Ay, mijo, tengo tanto para hablar que no sé de qué hablar.

—Pues de lo primera que le llegue a la mente. Vamos, tú puedes.

—Pues claro que puedo, de eso no lo dudo.

—¿Entonces?

—¿Tú viste a Mama?

—¿Perdón?

—Mama vino a verme antes. ¿No te habló a ti también?

—No, no me habló a mí.

—Parece que solo quería verme a mí. ¿Queda café? Por si viene, darle un poquito.

—No queda, pero podemos prepararle.

Rosa asiente. Ambos permanecen callados disfrutando sus respectivas tazas de café en silencio. Gerardo se pone de pie y se dirige al viejo tocadisco donde coloca un disco de Herminio Ramos. Su madre continúa bebiendo su café con alegría. Después de un rato de estar sentados en la sala escuchando música en plena serenidad, Rosa mira a Gerardo y le dice:

—Gerardo —hace una pausa y cambia su mirada al cuadro de la Virgen de la Providencia en la pared—, a veces me parece que estoy loca.

Gerardo siente un puñal en el corazón y un corrientazo se esparce por su espina dorsal causando que mueva su torso hacia al frente simulando un estiramiento.

—No digas eso, Mother —le dice tomándola de la mano —usted no está loca. Hoy ni nunca. Usted está cuerda, y en su cordura hay muy pocos que pueden ver su realidad.

Dicho esto, le besa la mejilla de manera tierna como cuando era un niño, su madre sonríe y bosteza.

—Venga a descansar un rato en lo que llega Delfina. —la ayuda a levantarse del asiento. Coloca las tazas sobre la mesa que divide la cocina y la sala de estar, y se dirige a llevar a su madre a recostarse. Intenta, lo más que puede, tapar con su cuerpo el abanico. La asiste en acostarse y Rosa, maternalmente, agarra la muñeca que allí descansa y la coloca cerca a ella. Gerardo prosigue a ayudarla, la besa en la frente, donde el vendaje cubre la consecuencia de su error, y acaricia los cabellos grises que se esconden detrás de la oreja. Rosa susurra: <<Dios te bendiga, hijo>>.

Gerardo sale hacia la sala de estar y se sienta en el mismo sillón donde se encontraba hace unos instantes. Mira su reloj: 7:04 am. Cierra sus ojos para descansar sus párpados cuando escucha una llave forcejear con la cerradura. Delfina logra abrir la puerta.

—Hoy es lunes y el tapón en la calle es insólito. ¿Cómo le fue en la noche? —le pregunta mientras entra a la casa.

Gerardo suspira— Pues, no muy bien que digamos.

—¿Qué pasó? Pero, ¿está bien?

33

—Cálmate, Delfina, sí, está bien. Tenías razón: el abanico no le iba a hacer bien. Parece que lo confundió con Mama y se tropezó y se hizo un golpecito en la frente, yo le apliqué antiséptico y le puse un vendaje desechable. Está dormida, recién quedó dormida, estuvimos hasta ahorita charlando.

—Es que no lo puedo creer, Gerardo, tengo que ver eso, con su edad y condición un golpecito no es un simple golpecito y menos en la cabeza. Lo sabes. Cuántas veces te lo dije: no, no, no, pero insistes... ay Dios mío... —Gerardo detiene las manos de su hermana, que parecen abanicos de papel por el movimiento de un lado a otro, mientras la mira fijamente a los ojos.

—Tienes que tranquilizarte. La mantuve distraída despierta por un buen rato y luego la envié a dormir. Yo llamo a Nico para que se dé una pasadita por aquí antes de que atienda su oficina. Perdóname, por favor. Con mi culpa basta, no necesito tus reproches, por favor.

Delfina cambia su mirada hacia el suelo, menea su cabeza y respira profundamente. Se suelta del agarre de su hermano, y continúa su caminar hacia la cocina. Comienza a preparar el café matutino, seguido por lavar los pocos trastes almacenados en el fregadero. Gerardo respira hondo. Antes de marcharse, le da un último vistazo a su madre que está dormida y libera un gentil ronquido. Sonríe y cambia su mirada a la cocina para encontrar a su hermana.

—Me voy. Te llamo cuando sepa algo del médico. —le dice. Delfina asiente con la cabeza sin dirigirle la mirada. Gerardo acomoda su correa y recoge el abanico que había traído el día anterior para deshacerse de él. Abre la boca para volver a despedirse de su hermana, pero desiste.

Cuando su hermano sale por la puerta de enfrente, Delfina detiene lo que está haciendo mientras cierra sus ojos para evitar lágrimas. Empieza a practicar los ejercicios de respiración que el doctor Irizarry le había recomendado hace años. Inicialmente, había recurrido a sus cuidados cuando supo de la condición de su madre. Nadie de la familia había padecido ningún tipo de demencia, al menos que su madre le hubiese contado.

Su padre había muerto relativamente joven, dejando a su madre viuda a los 57 años. Gerardo, Haydée y ella eran adultos, y fueron ellos quienes tuvieron que lidiar con el dolor de su madre. Haydée había sido quien más se había afectado por el deceso de su padre. Siendo la más joven, se tornó irresponsable y bebía más alcohol de la cuenta para ahogarse en su penar. Ambos hermanos tuvieron que ingresarla en tratamientos de desintoxicación varias veces. En ocasiones, viene a ayudar con los cuidados de su madre, sin embargo, Gerardo y Delfina prefieren estar presentes. No es que Delfina crea que Haydée pueda, intencionalmente, causarle daño a Rosa, es que tiene que considerar que su hermana está enferma, por igual. No es justo ni para su madre ni para su hermana.

El timbre del teléfono sorprende a Delfina enredada en pensamientos. Rápidamente, se dirige a responder.

—Dime.

—¿Cómo sabes qué era yo? —le responde Gerardo del otro lado.

—No lo sabía, pero puedo imaginarme. ¿Conseguiste a Echevarría?

—Sí, pasará como a las ocho y media. ¿Estás más tranquila?

—Gracias. Hablamos. —le responde Delfina mientras cuelga la llamada. Si no le permitía esto a su hermana, tampoco podía permitírselo a él. ¿Qué tenía que hacer? ¿Mudarse, con su hija, a vivir con su madre en la diminuta casa? ¿Llevarse a su madre para la suya? Le causaría más confusión llevarla a un ambiente nuevo, por eso habían decidido dejarla en su pequeño apartamento e intercambiar turnos para quedarse con ella. Su madre se había mudado al apartamento, dos años después del fallecimiento de su padre: la casa donde estaba era muy grande para Mother y necesitaba un espacio más concentrado que no le acordara a su querido esposo.

Gerardo y Delfina consideraron enfermeras para el cuidado de Rosa, pero la enfermedad era progresiva, lo que haría que poco a poco siguiera deteriorándose, y ¿entonces? No podían traerla de vuelta cuando cesara su existencia y sintieran la necesidad de compartir con ella. Ambos decidieron tomar turnos para estar junto a ella.

Gerardo había servido como guardia de seguridad, lo que ayuda que en las noches pueda mantenerse despierto como en su antiguo trabajo. Delfina tiene a María, por lo tanto, las noches se le imposibilita. Es madre soltera, había perdido al padre de María cuando la niña apenas tenía dos años. Ella prepara pastelitos y galletas para la venta que confecciona cuando llega a la casa o, a veces, mientras cuida a su madre, en los días buenos.

Mientras Delfina está ahogada en pensamientos y recuerdos, cambia su vista del fregadero a la entrada de la cocina. La figura de Rosa asomada en una esquina alarma a la mujer y esta deja salir un pequeño grito. La reacción impresiona a Rosa, da un salto hacia atrás con los ojos más abiertos de lo acostumbrado. Por primera vez, Delfina observa el vendaje del que tanto Gerardo le habló quejoso. No menciona nada pero camina hacia ella mirándola a los ojos. Sus ojos son diferentes a otros días. Se fija en una mirada tierna y llena de reminiscencia. Casi por instinto le dice:

—Mother, buenos días. ¿Cómo estás?

—Estoy bien, mija. —le responde su madre como hubiese hecho en una conversación casual hace cuatro años atrás. Delfina siente un corrientazo por la espalda que va subiendo delicadamente por ella, llegando al cuello y esparciéndose como río bravío por sus hombros y descansando allí—. ¿Y la nena no está contigo? ¿Dónde dejaste a Mariquita?

Delfina no puede contestar enseguida, siente un nudo que se le ha formado en la garganta como cuando era más chica y estaba pronto a enfermarse. Hace tanto tiempo que no escuchaba a su madre llamarle a su hija Mariquita, que sus ojos se forraron de lágrimas listas para emplear vuelo sobre sus mejillas.

—Pero, hija, ¿por qué lloras? Ay, no me hagas esto, ¿le pasó algo a mi Mariquita? —le vuelve a preguntar Rosa a su hija.

—No, Mother, María está en el colegio. Hoy es lunes, llega a las tres y media. Disculpa. —le contesta mientras seca la humedad en su cara con la toalla de la cocina que cuelga del refrigerador.

—Lleva eso al lavabo, Delfina. Voy a preparar café, ¿deseas?

Delfina le dice que sí con la cabeza, un poco nerviosa de que en cualquier momento su madre entre en su estado cotidiano y corra peligro. Rápidamente, lleva la toalla al cesto de ropa sucia que está en el armario al lado del cuarto de baño. Observa con intriga, al volver, los pasos de su madre; cómo busca entre las gavetas la harina de café, las cucharas, las tazas y encuentra la cafetera amarilla, que una vez fue color blanca. Está maravillada, aunque mucho más perpleja, por el acontecimiento. A pesar de la memoria limitada de Rosa, Delfina se ha dado la tarea de mantener organizada la casa en el estado más parecido al que lo tenía su madre.

Por si acaso ocurre un momento fantástico como el que vive ahora.

—Nos voy preparando unos emparedados para servir con tu cafecito, ¿sí? —le pregunta Delfina disfrutando del momento.

—Ay, sí, el mío sin queso. He estado teniendo la presión alta.

Delfina sonríe ante el comentario de su madre y asiente mientras se dirige al refrigerador en busca del jamón y la margarina. Se sientan a la mesa redonda para disfrutar juntas un desayuno como hace tiempo no lo hacen. Su madre le hace preguntas triviales de personajes de la vecindad que hace años no ve, pero actúa como si solamente fueran semanas. Delfina tiene deseos de preguntarle si siente molestia en la esquina de la frente, pero decide no indagar, pues su madre no se ha quejado y no quiere tener que explicar... al menos hasta que llegue el doctor Echevarría.

—¿Y qué raro, tú aquí? —le pregunta Rosa a Delfina como si estuviese mentalmente sana y los pasados años fuesen puro invento de la imaginación de sus hijos. Delfina traga y se comporta un tanto ansiosa.

—No sé por qué te parece raro. Ya no eres tan joven y pues necesitas de tus hijos para que te asistan.

Rosa cabecea que sí a un ritmo despacio e incómodamente largo. Mira la taza despintada que carga y la lleva a su boca para consumir lo que queda del líquido dulcemente amargo. Mas ya estaba frío. Aleja la taza de su boca y frunce sus labios en desapruebo.

—Estoy vieja sí, y un poco loca. ¿No crees? —le dice sin verla a los ojos, con la mirada clavada en el mantel transparente de plástico que cubre la mesa de madera.

—Mother —contesta su hija llevando su mano a la de su madre, removiendo la taza de las manos y colocándola sobre la mesa. A su vez, lleva su otra mano a la cara de Rosa y, delicadamente, levanta el rostro de la mujer abatida, en una mezcla de realidad y mentira, que está cubierto de arrugas con una frágil sonrisa pintada sobre él—. No estás loca. ¿Qué te hace pensar tal cosa? Y si lo estuvieses, entonces, yo también estoy loca, Gerardo está loco, todos estamos locos... ahora que lo pienso, quizá tengas razón, y soy yo quien estoy incorrecta. Quizá... quizá, sí estamos locos... pero, ¿no era Papi quien decía que de poetas y locos todos tenemos un poco? Quizá lo que tenemos es rima, estamos escribiendo nuestra estrofa y usted confunde su poesía con locura.

Rosa sonríe.

—Ese dicho se lo enseñé yo a Rodolfo, no le venga a dar todo el crédito a él ahora.

Delfina deja escapar varias carcajadas. Rosa las sigue y se unen en un coro de risas mientras se miran. Ambas escuchan el golpe en la puerta de enfrente, alertando que hay alguien afuera.

—Vengo ahora, Mother. Debe ser el médico.

—¿Médico? ¿Quién está enfermo?

Delfina ignora la pregunta de su madre mientras se dirige a contestar el llamado. Pausadamente, abre la puerta, detrás de ella se encuentra el doctor Echevarría vestido casualmente y con una sonrisa. Delfina lo saluda y en voz baja le dice: <<Está diferente, tenga paciencia>>. El doctor cambia su vista a la señora que lo observa confundida, pero alerta, desde la mesa.

El doctor Echevarría entra y saluda a Rosa:

—Tanto tiempo, Rosita, se ve muy bien.

—No estás mal tampoco. Pero has envejecido.

Al doctor se le escapa una carcajada.

—¿Por qué estás aquí hoy? Mi hija no me ha querido decir. —el doctor Echevarría mira hacia Delfina, quien está callada en la cocina observándolos, al percatarse que Rosa lo reconoce.

—No pensé que se acordaba de mí. —le dice el doctor probando la memoria de Rosa.

—Ay, doctor, yo lo conozco desde que lo llamábamos Nico y no doctor Echevarría. Cuánto "arroz con habichuelas" comiste en mi casa junto a Gerardo.

El doctor cabecea con una leve sonrisa dibujada en sus labios, un poco más pálido que cuando llegó.

—Rosa, estoy aquí porque Gerardo me llamó y me dejó saber que ayer tuvo un incidente y se golpeó la cabeza. ¿Me puede contar qué pasó?

—No hubo ningún incidente.

—¿Me permite? —le pregunta el doctor alcanzando con su mano la de Rosa. Ella asiente. Él recoge la mano pequeña y delicada, llevándola hasta la venda desechable que Gerardo le había colocado esa madrugada. Rosa la siente y lo mira confundido. Su cara cambia de color y su mirada busca a Delfina por el cuarto. Mirando a su hija dice: <<Pensé había sido un sueño>>.

—¿Qué, Mother? ¿Qué fue un sueño?

Rosa mira hacia abajo y vuelve a acomodar su cuerpo para encontrarse de frente al doctor. Él con la mirada le pide que conteste la pregunta que le ha hecho su hija.

—Pues, anoche mientras dormía, mi santa madre me visitó. —baja la mirada nuevamente al mantel plástico y baja el tono de su voz a casi inaudible.

—Tiene que hablar un poco más alto, Rosa.

—Mama vino a verme —dice mientras, nuevamente, se dirige a su hija quien tiene los ojos cristalinos por las lágrimas que se han acumulado en ellos. Rosa continúa con su historia, volteándose a enfrentar al médico—, ella no estuvo mucho. Yo la llamaba para que se acostara conmigo, pero no venía. Así que, que, que me levanté a buscarla, y, y, y...no está cuando llego hasta donde ella. Se esfumó, pero fue por un demonio. ¡Un demonio se la llevó! —Rosa comienza a temblar mientras habla y coloca sus manos sobre su cara. El médico se acerca a ella, colocando su mano sobre la espalda alta de Rosa y susurrándole al oído.

—¿Quiere seguir hablando de lo que pasó? ¿Cómo se golpeó?

Rosa alza su cabeza de entre sus manos y limpia, con el camisón extra grande que lleva puesto, su cara empapada de lágrimas.

—Forcejeé con el demonio. Y él me empujó y choqué contra la pared. Pero no me devolvió a Mama. Solo a Rodolfo. Pero Rodolfo también está muerto. —Rosa continúa su historia y, mientras habla, las lágrimas hacen carreras por su arrugado rostro, corriendo por él como si fuera un desierto lleno de dunas—. No sé cómo, pero, de momento, estoy en la sala, en el sillón color rosa viejo, sentada escuchando "Cuartito Solitario" de Herminio Ramos junto a Gerardo. Así, nada más, como si nada. Pero mis hijos me dicen que no estoy loca. Dígame, doctor, ¿lo estoy?

El médico mira a Delfina, que está en la esquina de la cocina tiritando arropada en lágrimas tratando de disimular lo más posible por el bienestar de su madre. El doctor vuelve su mirada a Rosa y suspira hondo.

—Rosa, no estás loca, podría asegurarte que hoy estás más cuerda que nunca. Sin embargo, hay una noticia que te tengo que dar, que te la he dado antes, hace bastante tiempo atrás, pero quizá no lo recuerdas: eres paciente de Alzheimer. Llevas cuatro años luchando esta enfermedad. El episodio de hoy no es común, en lo absoluto. Sí, hay momentos que vuelves en sí, según me cuentan tus hijos, pero no por una extensión prolongada. No sé cuánto durará este episodio. Sin embargo, por el bien y la tranquilidad de todos, necesitamos examinar ese golpe que cargas. Debemos realizarte un escáner craneal para descartar un hematoma y que luego la situación empeore.

Rosa no contesta y baja su mirada. Delfina, habiendo recobrado su espíritu, está parada al lado de su madre con las manos en los hombros de esta. Le da pequeños cantazos con los dedos para consolarla.

—Mother, yo la voy a llevar a hacerse el estudio. Todo va a estar bien. Estoy aquí como siempre, para servirle —, le dice Delfina dulcemente tratando de disimular la congestión provocada por el llanto. Rosa mueve su cabeza asintiendo a lo que escucha. El doctor se levanta de la silla en la que está y mira atentamente a las mujeres. Delfina con pena en los ojos, un nudo en la garganta y las manos sudadas, le hace señas al doctor y juntos caminan hacia la sala de estar. Rosa se queda donde está, como si en la silla donde se encuentra hubiese pegamento y no se pudiese levantar, como si sus ojos estuviesen clavados a la mesa que tiene en frente; no mira hacia arriba, se queda estática pensando en las palabras que le han dicho.

Cuando el doctor Echevarría y Delfina están apartados de Rosa, el doctor sostiene las manos frías de ella, la mira fijamente y le dice:

—Fina, no quiero que te llenes de esperanza pensando que todo está bien.

—Ay, Nicolás, hace tiempo que nadie me llama así. No soy una niña, ¿sabes?, yo sé que esto, en cualquier momento, puede volver a como estaba. Me duele más verla así que... —la voz se le quiebra mientras habla.

—Es difícil, Delfina —continúa el doctor haciendo énfasis en la pronunciación del nombre, mientras ella esboza una sonrisa—. Sin embargo, tú y yo sabemos que ella te necesita más que nunca. Aprovecha su estado mientras dure. Si se siente cómoda de ir hoy, llévala a realizarse el escáner. Antes, recuerda buscar la receta en mi consultorio, no cargo la libreta de recetas conmigo.

Ella asiente y le señala la puerta dándose cuenta que el doctor ha demorado más de lo que debía.

—Gracias, Nicolás. Cuando pase a buscar la receta, por favor, dile a tu secretaria que me cobre por la visita.

—Sabes que no me tienes que pagar nada. Rosa es como mi segunda madre. Solo busca la receta, yo llamo a Gerardo en el camino al consultorio para dejarle saber.

—Gracias. Hablamos.

—Nos vemos, Finita. —carcajea mientras se marcha a seguir su camino. Delfina sacude la cabeza y se gira a observar a su mamá. Ya no está sentada a la mesa.

—Mother... —la clama Delfina nerviosa—. Mother, ¿para dónde fue?

No puede estar muy lejos, se dice a sí misma mientras camina hacia la habitación de su madre. Rosa está parada frente al tocador buscando entre sus cosas.

—¿Qué buscas, Mother? ¿Te puedo ayudar? —le pregunta Delfina en tono nervioso.

—Busco un espejo. —le responde Rosa en un susurro.

—No vas a encontrar ninguno, Mother. Yo misma me encargué de removerlos todos.

Rosa la mira fijamente y sus ojos comienzan a empañarse por las lágrimas que se aglomeran en ellos.

—¿Por qué?

—Porque los espejos te confundían. Podías pasar horas peleando contigo misma.

—Quisiera verme.

Delfina permanece pensativa por unos instantes mientras observa a su madre igual de confundida que todos los días. De repente, recuerda el espejo que carga en su cartera, gracias a que María le había pedido, hace unos días, que se lo guardara.

—Me parece que tengo uno pequeño en la cartera. Lo puedo buscar, si deseas.

—Por favor.

Delfina camina hacia la cocina donde colocó la cartera mientras discutía con su hermano en la mañana. Toma el bolso negro entre sus manos y busca dentro al pequeño visor multicolor que le pertenece a su hija. Después de varios minutos, con una leve preocupación de que estaba equivocada y no lo tenía, lo encuentra. Lo toma entre sus manos y vuelve a la habitación donde su madre ahora se encuentra sentada en la cama mirando detenidamente a la muñeca que siempre la acompaña. Los latidos del corazón de Delfina aceleran un poco. La mirada de Rosa hacia la muñeca hace que dude de la continuidad de su episodio.

—Mother... —dice levemente para asegurarse que su madre aún está consciente de su verdadera identidad.

—Observaba a la muñequita. En la madrugada me refugié en ella cuando Gerardo me acostó. María debe estar buscándola. —le contesta Rosa.

—Conseguí el espejo —le dice Delfina segura de que su madre todavía la reconoce. Mientras camina hacia la cama, ve a Rosa temblar. Sus manos pequeñas, delgadas y arrugadas están chocando entre sí a propósito. Delfina se sienta al lado de su madre y la toma por sus manos entregándole el espejo multicolor.

—Qué bonito. ¿Es de Mariquita?

—Sí, ábrelo.

—Hija, perdóname, pero ¿puedo estar sola?

—Mother, preferiría quedarme, por favor. No me pidas eso.

Rosa la mira tristemente implorando por un breve instante de privacidad. Delfina respira hondo, provocando micro muecas en su rostro, moviendo su cabeza de lado a lado, buscando las palabras que quiere decirle a su madre para que esta le permita quedarse. No sabe cómo puede reaccionar y le aterra.

—Mother —vuelve a implorar— déjame quedarme para que se sienta segura.

—Por favor —suplica Rosa con un susurro casi en llanto. Delfina se da por vencida y decide complacer a su madre quien la mira agradecida y nerviosa. Se levanta de la cama, besa una mejilla de la mujer que hace un día hubiese rechazado tal caricia por no entenderla, respira hondo y se marcha del cuarto dormitorio.

Rosa cierra sus ojos mientras acaricia el espejo encerrado en el tin metálico que su hija le entregó. Siente nervios al pensar en abrirlo. Su último recuerdo de sí misma debe ser antaño, pues existen cuatro años, aproximadamente, que han sido vividos, pero perduran solo en el olvido. Traga la poca saliva que tiene en su boca y forcejea para abrir el espejo. Una vez abierto, lo lleva poco a poco hacia arriba para mirarse en él. Ve el rostro envejecido, tan diferente al suyo-- o al que recuerda.

Observa las líneas de más, que se han añadido en la esquina de sus ojos. Las marcas del hocico están más pronunciadas que antes, aunque hacen juego con todas las demás que ahora decoran su cara. Va lentamente llevando el espejo por su rostro deteniéndose en cada mancha, cada lunar, cada arruga, cada recuerdo o aquello que observa por primera vez a conciencia.

Alcanza a su cabello, ve los pelitos blancos y grises entrelazados unos con los otros. Lleva una de sus manos hasta él y lo acaricia; lo siente fino, justo como lo recuerda. Cierra los ojos cuando siente que las lágrimas están por salir. Mueve su cabeza de lado a lado mientras lentamente lleva su cuerpo al colchón que la carga junto al calor todas las noches.

Solloza entre las sábanas y la almohada, al lado de la muñeca con los ojos abiertos. Se le escapan dos o tres quejidos que Delfina, temblorosa, alcanza a escuchar desde la otra habitación. Rápidamente, la hija vuelve al cuarto dormitorio encontrando a su madre llorando desconsoladamente entre las sábanas.

—Mother estoy aquí. —le comenta mientras se desparrama junto a ella en el revolú de las sábanas que abrazan el colchón. La abraza fuertemente mientras su madre continúa el llanto dejando caer el espejo al suelo. Delfina siente una punzada hueca en su interior. Recuerda cuando su madre supo que tendría que enfrentar esta enfermedad. Lo tomó mucho mejor que ahora. Es muy diferente imaginarte lo que puede ser y aún así creer que todo en su mayoría irá a tu favor, que darte cuenta que los años se han ido entregándose al olvido sin compensación alguna del recuerdo de lo que fueron.

Poco a poco, el llanto de Rosa comienza a sucumbir. Delfina traza sus dedos por los cabellos de la mujer que todavía no se compone completamente. Empieza suavemente a cantar himnos religiosos que su mamá solía entonar cuando ella era más joven y limpiaban los alrededores de la casa. Rosa va enderezando su cuerpo cansado y alza la vista para encontrarse con la mirada de su hija. Delfina continúa su cántico, mientras observa a su madre directamente a los ojos y, con su mano derecha, le acaricia el rostro. Su madre se une a la entonación de la canción y ambas continúan el cántico. Como si el cielo quisiera unirse al encuentro entre madre e hija, la lluvia comienza a servir de música de fondo con uno que otro trueno colándose en el espectáculo.

Rosa está sentada en el mueble rosa viejo con la cabeza hacia atrás casi alcanzando una siesta cuando María llega de la escuela. La niña abre la malla de la puerta de enfrente y el ruido despierta a su abuela. Ella se acomoda en el asiento y le sonríe.

—¡Mariquita! ¡Llegaste! —exclama con emoción Rosa. María se sorprende de la alegría de la abuela y por el nombre que la ha llamado, mas no le presta demasiada atención. Le devuelve la sonrisa y sigue su camino para buscar a su madre.

—Pero, Mariquita, ¿no saludas a tu abuela ni le pides la bendición?

La niña detiene sus pasos y una sensación de inquietud la acapara. Gira su cara para encontrar a su abuela y la mira extrañada. Trata de buscar una respuesta sin hacer una pregunta o decir algo. La mirada de Rosa le dice más de lo que palabras pudieran decir.

—¿Abuela? —pregunta asombrada.

—¿Sí, mi niña querida? —le responde ella.

—¡Abuela! —grita eufórica María mientras sus piernas emprenden un corto vuelo hasta el lugar donde su abuela está sentada para encubrirla en sus brazos. La joven desprevenida comienza a llorar mientras su abuela la abraza firmemente y trata de ser fuerte por ambas.

—¿Mami lo sabe? —le pregunta a la abuela después de soltarla.

—¿Sabe qué?

—¡Qué nos recuerda! Que está bien.

Rosa deja salir una tímida carcajada: —No estoy bien. Aún sigo enferma, pero... —María interrumpe a su abuela al darse cuenta del vendaje que estaba siendo cubierto por sus cabellos.

—Abuela, ¿qué le pasó en la cara?

—Pues después de eso es que pude recordar. Tu madre y yo fuimos hoy a hacerme un escáner cerebral para ver si no tengo un hematoma y todo está bajo control.

—Y, ¿qué fue lo que pasó? —le vuelve a preguntar mientras se sienta en el sillón de al lado.

—Anoche parece que tropecé y choqué contra la pared.

—¿Le duele?

—No.

—Y, Abuela, ¿por qué dice que no está bien?

—Porque en cualquier momento puedo volver al estado de antes. Puede ser gradualmente o de súbito. No sé sabe. Podría hasta ponerme peor.

—No, Abuela, no diga eso.

—Pero, si es verdad, mijita. No puedes ilusionarte y, de momento, un día llegar y que yo no sepa quién eres.

—Abuela, ¿puedo contarle un secreto? —le dice María en voz baja.

—Los que quieras, Mariquita.

—Yo creo que usted nunca se olvidó de mí. Usted no me llamaba por mi nombre, a veces sí llamaba a mi madre o a mi tío, pero a mí no, pero, pero usted siempre me hablaba como una amiga, jamás como una extraña. Yo una vez se lo dije a Mami, pero ella no me creyó. Me dijo que la enfermedad no escoge, pero no sé, y qué tal si sí escoge. ¿Usted cree que si vuelve a ponerse malita, no me recordará?

Rosa mira tiernamente a su nieta y esta vez no puede evitar las lágrimas.

—Abuela, no llore que entonces yo lloro.

Rosa comienza a reírse y la abraza.

—No puedo prometer nada, pero si una vez pude recordarte, espero que eso se repita.

Delfina, que se encontraba en el patio trasero tendiendo una ropa, entra un poco sudada a la habitación. Encuentra a su madre y a su hija en un bonito encierro y coloca su mano derecha sobre la parte izquierda de su pecho.

—Hace calor afuera —declara Delfina para evitar, otra vez, comenzar a afectarse.

—Mami —le dice María mientras gira su torso a verla. Delfina se percata de que su hija ha estado llorando. Le duele ver así a las mujeres que más ama.

—Es hora de tu siesta, Mother. —Delfina anuncia. Rosa asiente, la emoción del día la tiene un poco cansada. María la ayuda a levantarse para acompañarla a su cuarto dormitorio. Caminan por delante de Delfina mientras ella aprueba las atenciones de su hija y se encamina hacia la cocina para prepararle una merienda antes de la cena. El teléfono suena. Delfina prosigue a descolgarlo: <<¿Aló?>>.

—Delfina, ¿cómo les fue en el centro de radioimágenes? ¿La atendieron sin cita? —le pregunta Gerardo desde la otra línea.

—Sí, Gerardo. El doctor Echevarría se comunicó con el dueño y nos hicieron el favor. Por lo menos, no tuvo que estresarse tanto. El estrés de hoy ha sido suficiente para una semana.

—Verdaderamente. Voy a llegar más temprano hoy. No cocines, compraré unos emparedados en la sandwichera de Kikito.

—No te molestes, Gerardo, yo...

—Por favor, Delfina, tómalo como disculpa.

—Está bien, te espero.

Cuelgan la llamada. En un breve instante, entra María a la habitación donde se encuentra su madre. Ambas sonríen.

—Te contó Mother todo, supongo por la carita.

—Sí. ¿No cree que es fantástico? Aunque me dijo que puede no durar y ser solo un episodio.

—No puedes hacerte ilusiones, no. ¿Quieres algo de comer?

—No, estoy bien. Haré la tarea de álgebra, está un tanto complicada. —María se sienta a la mesa a completar la asignación mientras su madre la observa.

Delfina se encamina a preparar un jugo de maracuyá en lo que llega su hermano con la cena. Poco a poco corta las frutas en mitades y vierte su contenido en un recipiente de plástico para luego mezclarlo con agua y azúcar en la batidora. Cada cierto tiempo camina hasta la puerta del cuarto de Rosa para cerciorarse que está segura y continúa descansando. Filtra el jugo en un recipiente mediano evitando que las semillas se cuelen.

—Huele delicioso, Mami. —le indica María aunque su mirada está fija en la libreta de líneas sobre la mesa.— Ahora sí me comería algo.

—Ahora tienes que esperar, tontita, tu tío va a traer comida. Después no comes o comes demás. —Dicho esto, ambas escuchan la puerta de malla abrirse. Miran esperando a Gerardo con emparedados, pero observan a una mujer delgada con cabello teñido en un rojo carmín, amarrado en un rabo alto. María sonríe mostrando sus dientes mientras Delfina permanece con una expresión seria y un poco molesta.

—¡Hermana! ¡Mariquita! —les exclama la mujer con los brazos abiertos y hacia arriba—. Hace tiempo que no las veía. Las extrañaba. —la sobrina se pone de pie y abraza fuertemente a la tía, mientras Delfina, desde la cocina, las observa cuidadosamente. Cuando el abrazo culmina, Haydée camina hacia donde se encuentra su hermana extendiendo ambos brazos en busca de un abrazo. Delfina no lo corresponde y le pregunta entredientes: <<¿Qué haces aquí?>>.

—No entiendo tu pregunta, Fina... —comienza a decirle Haydée cuando es interrumpida.

—No me digas así. Ya nadie me llama así.

Haydée reacciona extrañada y coloca su bolso encima del gabinete de la cocina.

—Gerardo me marcó y me dijo que viniera, que iba a comprar unos emparedados y quería que estuviésemos juntos. —le contesta Haydée a Delfina después de varios segundos de un silencio incómodo.

—Gerardo tan gentil como siempre, ¿no? —pregunta Delfina de manera sarcástica— si no es así, no te vemos.

Haydée esboza una sonrisa:— No deseo discutir. Solo vine porque Gerardo me lo pidió. Hace tiempo no los veía y, sí, tenía deseo de verlos, en especial a Mother y a mi sobrina. Podríamos hoy ser civil por ellos. ¿Trato?

Delfina finge una sonrisa mientras produce una mueca y se dirige a terminar de guardar la trastera. De reojo, observa a María quien está atenta ante la situación entre las dos hermanas. Siente un poco de vergüenza, sin embargo continúa su gestión y trata de disimular.

Poco después, Gerardo llega a la casa con los emparedados y algunos refrescos. Haydée y María están sentadas a la mesa mientras Delfina hojea una revista en la cocina. Rosa aún duerme.

—¿Cómo ha sido el día con Mother consciente? —le pregunta Gerardo a Delfina mientras acomoda la comida encima del gabinete.

—Ha sido interesante. Un poco preocupante, debo admitir. Sin embargo, he estado más alegre que triste. Pero, Gerardo, si te soy sincera, estoy un poco ansiosa con toda la situación.

—Estoy igual. Es algo sumamente increíble. Nico estaba sorprendidísimo.

—¿Por qué decidiste invitarnos a comer?

—Aunque fue infortunado lo que sucedió, quiero enfocarme en lo positivo. Que Mother nos reconozca y nos llame por nuestros nombres es algo muy, muy positivo.

—Sin duda. Pero deberíamos estar disfrutando con ella quienes siempre estamos en las malas también.

Gerardo enarca una ceja.

—No seas injusta, Delfina. Nosotros no hemos permitido que ella tenga una participación activa en este proceso. Siempre la hemos creído incapaz y no la hemos tomado en cuenta. No puedes esperar que ella siempre esté tratando de hacernos cambiar de parecer.

—Es ella quien ha tomado sus decisiones, nosotros...

—No voy a seguir con este juego, Delfina. —interrumpe Gerardo a su hermana—. No sé qué te pasa, pero estás intolerable hoy. Cometo un error y decides no hablarme, y hasta me cuelgas el teléfono, aun cuando logro resolver. Entonces, empiezas con Ydée, quien no ha hecho nada. —Delfina siente enojo y los ojos se le empañan con lágrimas. Ha sido un día significativamente estresante para ambos, pero ha sido ella quien ha tenido que lidiar con la conmoción de su madre. Gerardo se percata del estado vulnerable en el que se encuentra su hermana y decide cubrirla en un abrazo. Delfina, por primera vez en el día, le corresponde. Haydée, que estaba sentada observándolos desde que Gerardo acomodaba los emparedados, se levanta de su lugar y los abraza de igual manera.

—Perdóname, Ydée. Me he comportado como una tonta, ¿estás bien? —le pregunta Delfina luego de desprenderse de sus hermanos. Haydée cabecea.

—¿Lleva Mother mucho tiempo dormida? —cuestiona Gerardo.

—Desde que María llegó de la escuela, como desde las tres y media o algo así.

—Son ya las cinco. —dice Gerardo en un tono preocupado mirando su reloj.

—Ya debe estar por despertar. —le indica Delfina. Los tres caminan hacia la puerta del cuarto dormitorio de la madre esperando encontrarla dormida. Sin embargo, Rosa está sentada sobre la cama, sus piernas cuelgan sin llegar al suelo.

—Mother, ¿por qué no ha venido a la cocina? —irrumpe Delfina tratando de captar la atención de su madre. Rosa cambia su mirada, que se encontraba fija en una de las ventanas, y encara a los tres hijos asomados por el marco de la puerta de entrada a la habitación. Los observa extrañada mientras que el corazón de Delfina comienza a palpitar de manera agitada. Siente el sudor en sus manos y se percata del movimiento del pie derecho colgante de su madre.

—Mother, mire, la vine a ver, me dijeron que está mejorcita hoy —declara Haydée optimista ante el silencio de Rosa. Delfina coloca su mano derecha sobre el hombro de su hermana y sisea en voz baja. Haydée la enfrenta, sin comprender, enarcando sus cejas, a lo que Delfina aprovecha para decirle: <<Ya no recuerda, está ida>>.

Gerardo escucha también lo que su hermana mayor ha dicho y siente un peso enorme caerle encima. A pesar de que hoy su madre había vivido un acontecimiento sin igual, él esperaba que ella permaneciera con sus pensamientos en orden por más tiempo. Apenas solo había disfrutado un intérvalo extremadamente corto de lucidez con ella. Siente su respirar acelerarse y cierra los ojos por unos breves segundos. Rosa continúa con su mirada fija en los tres cuerpos que la observan y hablan entre sí. Siente un cosquilleo en la barriga, lo que le provoca levantarse de la cama en donde está sentada. Mientras lo hace, ve que el hombre se va acercando y ella detiene sus movimientos evadiendo la mirada de este.

—¿Necesitas ayuda? —le pregunta consternado. Rosa cabecea que no. Finalmente, logra levantar su cuerpecillo y se fija en la cabeza de la muñeca asomada debajo de una manta fruncida amarilla. Se acerca a destaparla y acaricia el rostro de porcelana. La hala por la piernecita y la toma entre sus brazos. El hombre permanece callado observándola.

Las hijas, Delfina y Haydée, se retiran de la puerta; Delfina con sus ojos lagrimosos y un dolor de pecho. María se da cuenta del estado de su madre y tía. Se acerca a ambas preguntando con la mirada.

—¿Pasó algo, Mami? —pregunta la hija a su madre.

—Ya está como antes. No nos recuerda. —susurra Delfina dejando las lágrimas correr por sus mejillas rosadas por el calor del momento.

—Todavía no lo sabemos, no nos habla —sugiere Haydée.

—Yo la conozco, Ydée. Llevo tiempo cuidándola. Ella tiene esa mirada de perdida y mueve alguna extremidad cuando se pone bien nerviosa o tiene un momento de estrés. Es que... —Delfina coloca su rostro entre sus manos mientras suavemente solloza. María la embiste en un abrazo. Haydée permanece pensativa mientras las observa sin pronunciar una palabra. Después de unos minutos, Gerardo sale de la habitación de su madre y se dirige a donde están reunidas las mujeres. Haydée lo recibe esperando las respuestas de las preguntas que no sabe cómo formular. Gerardo se adelanta y les cuenta:

—Está meciendo a la muñeca en sus brazos y cantándole. Le dije que me acompañara a la sala de estar, pero me miró con el rabillo del ojo, frunció las cejas y desistí.

—¿Ella vendrá más después? Tiene que comer, ¿no? —pregunta la hermana menor. Delfina limpia su cara con sus manos y sacude su cabeza.

—Usualmente sí, pero hay días cuando se siente más confundida que otros, esos días, pues, son más complicados. Le prepararé un majado —le contesta Delfina.

—Pero, Delfina, traje emparedados para que no trabajaras. —le argumenta Gerardo.

—Y, ¿qué quieres que haga? ¿Qué la deje morir de hambre?

—Le compré unas tostadas, puede comer eso cuando decida venir. Comamos, ella vendrá por ahí, lo ha hecho antes.

Delfina frota su mano izquierda sobre su frente y suspira mientras levanta su mano derecha en aprobación forzada. Los cuatro se sientan a la mesa. Comparten el silencio entre miradas atiborradas de duda y desconcierto. María siente deseos de ir a ver a su abuela y asegurarse que es cierto lo que dicen. Aunque está segura de que sí, porque de no serlo la abuela estaría con ellos sentada a la mesa, conserva un poco de esperanza. Come despacio mientras recuerda las palabras que intercambió con su abuela hace pocas horas. ¿Me tendrá mimo cómo antes?, se pregunta.

—Y qué, Ydée, ¿todo bien contigo? —pregunta Gerardo rompiendo el silencio.

—Sí, todo bastante bien. He estado trabajando en la escuelita cerca de casa asistiendo en el preescolar. —contesta. Delfina la mira sorprendida y esboza una sonrisa antes de volver a su trance mientras come.

—Qué bien —continúa Gerardo—, acá las cosas también estaban con bastante normalidad antes del incidente. —Él cambia su mirada a Delfina, pero ella no lo mira y continúa en su faena.

—¿Puedo pasar a ver a abuela Rosa? Quizás, puedo convencerla de que venga a comer con nosotros. —dice María, finalmente, después de ensayar múltiples veces en su cabeza.

—No, María —le responde su madre—, no sabemos cómo puede reaccionar. Podría afectarla más, es mejor...

—Pero... no la presionaré. Solo, solo le hablaré un poco y le preguntaré, ella, casi siempre, me escucha —exclama María agitada, interrumpiendo a Delfina—. Mami, por favor, permíteme verla.

—Delfina —añade Gerardo—, no creo que ella le haga mal a Mother. Déjala que vaya a verla. Quizás logra lo que yo no logré.

—Está bien —sucumbe Delfina— pero, primero, termina la mitad de tu emparedado, no quiero que dejes de comer si surge algún incidente. María lleva lo que queda del emparedado a su boca y termina con los cachetes inflados tratando de masticar el bocado exagerado. Su tía y tío se ríen mientras su madre le da una mirada seria de desaprobación.

La joven se va levantando de su asiento mientras todavía mastica. Está angustiada. ¿Qué pasa si la abuela no la reconoce como antes? Nunca ha tenido que lidiar con las miradas de confusión hacia ella por parte de la abuela. Solo ha visto a la abuela sentirse así con otras personas o situaciones ajenas a ella. Cuando termina de masticar, traga lo último que yacía en su boca y asoma la cabeza por el marco de la puerta del cuarto dormitorio de Rosa. Rosa está recostada en la cama con su espalda a favor de la entrada. María escucha a Rosa cantándole a la muñeca. Rosa le acaricia la cabeza de plástico y le acomoda las vestiduras que trae puesta. María camina despacio, tratando de no hacer ruido; no quiere alarmar a su abuela.

Cuando ya ha llegado a estar posicionada al lado de la cama, María decide hablar:

—Qué bonita está la niña en esta tarde —la abuela no responde y tampoco la enfrenta. Sin embargo, se forma, en la comisura de sus labios, una sonrisa que María no ve. Después de unos minutos, María, con el corazón en la boca y lista para marcharse, escucha a su abuela responder: <<Sí, está bonita la niña>>. Una pequeña sonrisa se le dibuja en el rostro a María.

—Abuela —le dice un poco nerviosa. Desde que su abuela había enfermado ella evitaba llamarla así para no confundirla. Hoy había encontrado el valor para llamarla como solía hacerlo antes—. ¿Está bien? ¿No quiere ir a comer unas tostadas que le compraron? Estamos todos reunidos a la mesa esperándola.

Su abuela se gira a encararla aunque permanece recostada en el colchón. La mira por unos segundos y baja su mirada.

—No sé quienes son. —le dice apenada.

—¿Sabe quién soy yo? —le pregunta la joven consternada.

—Eres mi niña.

La joven sonríe tiernamente y deja escapar una breve carcajada. Se acerca a su abuela para abrazarla y la sostiene por un tiempo en un encierro de brazos. Escucha a su abuela tararear y entona junto a ella. Una lágrima se escapa de sus ojitos y cae en el cuello de la abuela.

—Pero, ¿por qué lloras? —le pregunta Rosa azorada.

—Me consuela saber que aún me quiere. —le dice María entre sollozos.

—Pero cómo no la voy a querer, niña de mi alma.

Delfina entra a la habitación y encuentra a las dos mujeres más importantes de su vida abrazadas; se sorprende, pero no sabe cómo reaccionar. <<Ahí llegó la señora rara>>, le susurra Rosa a María en el oído. Se despegan y María da la vuelta para ver de quién habla: encontrando a su madre. Limpia sus ojos húmedos y se dirige a la abuela.

—¿Come con nosotros o prefiere que le traiga las tostadas?

63

La abuela mira con perspicacia a Delfina y suspira. Levemente va levantando su torso para quedar sentada sobre la cama. Coloca sus manos encima de su falda y vuelve a suspirar.

—No tiene que decidir. —le dice María a Rosa quien luce confusa—. Yo le voy a traer sus tostaditas y se las come en paz. También traigo lo mío y le hago compañía. —la joven se encamina hacia la cocina y Delfina sigue tras de ella.

—¿Qué te dijo? —le pregunta la madre a la hija.

—Que no se sentía cómoda con personas que no conoce. Estaba convenciéndola pero usted decidió entrar al cuarto. —contesta María herida.

—Estaba preocupada porque tardabas. —hay un silencio mientras María se dispone a recoger su emparedado y las tostadas de la abuela. Gerardo y Haydée se le quedan mirando tratando de comprender qué sucedió. María percibe las miradas de confusión.

—Le llevaré las tostadas y comeré con ella. Es la Rosa de antes, si es lo que desean saber. —Antes de que María pueda continuar su breve explicación, Rosa se asoma por la puerta. Haydée le hace señas a María indicándole que la mujer está en la habitación con ellos. María gira su cuerpo y le sonríe mostrándole los comestibles que carga en sus manos. Sin embargo, Rosa tiene la mirada clavada en Haydée. La hija se da cuenta y mira hacia la mesa evitando los ojos que la observan cuidadosamente. María se acerca a su abuela y le dice: <<Venga, vamos a

comer>>, pero el rostro de la abuela va cambiando a un color rosado oscuro.

—¡Usted fue la que se llevó a Mama! ¿Ah? —le grita Rosa a Haydée señalándola. Gerardo y Delfina se miran confundidos. María con los ojos más abiertos de lo normal, mira a su mamá. Delfina camina hacia su madre y la aguanta por su brazo. Rosa suelta el agarre y la enfrenta:

—Usted no se meta, señora —cambia su rostro para nuevamente encarar a Haydée y exclama—, contéstame, por el amor de Dios, contéstame, ¿dónde está Mama?

—No sé de qué habla. —finalmente Haydée le responde.

—Mother... —comienza a hablar Gerardo.

—Rodolfo, usted no se meta. —interrumpe Rosa—. Esto es entre Delfina y yo. —El silencio reina en la habitación mientras todos se miran tratando de asimilar las palabras que Rosa balbucea enojada.

—Pero habla, mujer, habla. Se lo ruego por lo que más quiera. ¿Qué hizo con Mama? ¿A dónde se llevó a mi madre? —insiste Rosa con los ojos empañados. Haydée la mira perturbada y no sabe cómo reaccionar mientras Gerardo le sostiene la mano para que se mantenga en calma. Rosa ve las manos de los hermanos entrelazadas y ruge—, ¿Qué haces? ¿También piensas llevarte a mi marido? ¿No te basta? ¿Por qué me sigues atormentando? —las lágrimas comienzan a hacer carreras en el rostro de Rosa—. Hasta le puse tu nombre

65

a mi primogénita, por qué vuelves después de tanto tiempo a quitarme lo que es mío.

El llanto de Rosa incrementa; cuando parece que sufrirá un desmayo, María deja caer la comida y la aguanta por el brazo izquierdo, seguida por Delfina quien la agarra por el otro brazo para evitar que sucumba y se haga más daño. Gerardo se levanta de su silla mientras le susurra a Haydée: <<Quédate sentada. Tranquila>>. Camina hacia las mujeres que están de pie para ayudar a llevar a su madre, que continúa embriagada en su desconsuelo, a su cuarto dormitorio. Los tres cargan a la mujer y tratan de colocarla sobre la cama. Rosa es una mujer fuerte, a pesar de la fragilidad que carga haciendo la labor más difícil. Ella comienza a golpear suaves puños en el pecho de Gerardo quien la aguanta fuertemente por los brazos para evitar que se resbale mientras Delfina y María acomodan sus piernas en el colchón.

—Prepararé un té de tilo —dice Delfina con su mano sobre su pecho esquivando las lágrimas. Se aparta del escenario de camino a la otra habitación. Cuando llega hasta ella, se detiene de súbito en las sillas que rodean la mesa. Haydée todavía se encuentra sentada en una de ellas y la mira con tristeza.

—¿Qué pasó? ¿Cómo está? —le pregunta Haydée a Delfina.

—Está mal. Llora a borbotones, muy inquieta. —le responde Delfina.

—Jamás pensé que esto pasaría. Gerardo me llamó tan feliz, pensé que... que...

—¿Pensaste qué? ¿Qué te perdonaría por todo lo que le hiciste sufrir cuando aún tenía conciencia?

—¿Por qué eres tan cruel? Nunca la he lastimado a sabiendas. No soy perfecta, pero jamás...

—No deseo escuchar tus excusas. Gerardo también trataba de enmendar el error que había cometido, claro hasta feliz seguramente estaba, jurando que el golpe que sufrió Mother fue la cura para su enfermedad.

—Ella te mencionó a ti aunque me miraba a mí. ¿Qué ocultas tú?

Delfina le da una mirada fulminante, pero permanece callada. Suelta bruscamente la silla que aguanta haciendo que esta se tambalee hasta que vuelve a conseguir el balance. Delfina se dirige a buscar una olla pequeña para preparar el té.

—¿Por qué ahora no dices nada, ah? ¿Sí ocultas algo?

—No seas ridícula, Ydée. Obviamente está aturdida. ¿Cómo esperas que diga cosas con coherencia?

—¿Entonces, por qué me culpas a mí de su estado? Te contradices.

—No, porque ella empeoró cuando te vio después de no haberte visto por tanto tiempo. Le haces mal.

—No inventes.

Delfina coloca su mano izquierda en su rostro y lo estruja tratando de aliviar el estrés.

—No importa cuánto, —Delfina vuelve a retomar la palabra— cuánto tú la hayas hecho sufrir en la vida, ella siempre te tenía en este pedestal de cristal que no se podía tocar porque era demasiado frágil y podría quebrarse. Sin embargo, yo... yo siempre he estado ahí para ella. Siempre, aún después de perder a Mario, aun,... aun con María sola, día y noche... y a mí no me recuerda nunca: me detesta, no me soporta, siempre soy una extraña. Tú vienes de vez en cuando y a ti solo te mira... no... no es como a mí... hoy por fin, ¡por fin!, te reclama, pero te reclama pensando en mí... —Delfina se quebranta en un llanto incontrolable mientras Haydée se pone de pie a caminar hacia ella. Haydée la cubre en un abrazo y Delfina se desploma en sus hombros.

Después de varios minutos, Delfina se separa del abrazo de su hermana y limpia su cara con una servilleta. Escucha el agua hervir y procede a buscar una taza para terminar de preparar el té. María sale de la habitación con su diadema de rizos y esboza una sonrisa.

—El té está casi listo. —le indica su madre con la voz ronca. María cabecea mientras las tres permanecen en silencio hasta que Delfina le entrega el té listo a María.

—Ve tú. Entrégaselo a Gerardo y que él se lo dé a Mother.

María lo toma en sus manos y se dirige al cuarto de dormir de la abuela. Rosa está acostada y su respirar se escucha entre leves suspiros y gemidos. María le entrega el té a su tío.

—Rosa, —le dice Gerardo— tómese este tecito que la hará sentirse mejor. —María ayuda a la abuela a acomodarse para poder ingerir el líquido caliente. Gerardo le entrega la taza y, poco a poco, Rosa termina la bebida. Nadie dice nada. Al terminar, Rosa le entrega la taza y vuelve a recostar su cuerpo entre las sábanas llevando a la muñeca junto a ella. Gerardo le besa la nuca y arropa su cuerpo arrugado fundiéndose con las mantas.

—Vamos, María, dejémosla dormir.

—Yo me quedo aquí hasta que Mami se vaya —le responde María. Gerardo asiente y sale de la habitación. En la sala de estar se encuentra con Haydée sentada en el sillón rosa viejo con una cara de preocupación en su cuerpo diminuto y delgado.

—¿Y Delfina? —le pregunta a su hermana.

—Está en el balcón. Dijo que necesitaba aire fresco. Le ha afectado la escena. —le responde ella.

—¿Alguna vez Mother había actuado así contigo?

—Jamás.

—Tendré que presionar por los resultados del escáner cerebral que se le hizo hoy. —Gerardo mira el reloj en su mano izquierda, seis y veinticuatro de la tarde.

María acaricia el cabello de la abuela tiernamente. Rosa mantiene sus ojos cerrados y su respiración se ha apaciguado. Hace calor, así que, María procede a abrir las ventanas de aluminio en la habitación. La brisa que entra por ellas provoca que una de las cortinas translucidas de color violeta le rosen su cara. Sonríe sintiendo la caricia en su mejilla y da la vuelta para observar si su abuela se ha despertado, pero permanece con los ojos cerrados y María está segura que ya debe estar dormida.

Desde que su abuela había enfermado, y había dejado de llamarla Mariquita, María optaba por solo buscarle conversación o compartir con ella cuando su abuela la reconocía o le dirigía la palabra. Sin embargo, después del incidente de hoy ella sentía la necesidad de estar con su abuela en todo momento. María vuelve a acercarse a Rosa y limpia la cara húmeda por el sudor con una de las frisas cerca. Se dispone a buscar a su madre para pedirle un favor.

Cuando María sale de la recamara solo observa a sus tíos en la sala de estar. Gerardo se percata de que la joven busca a su madre y le hace señas desde el sillón donde está sentado, indicándole que Delfina está afuera. A paso ligero, María sale hacia el balcón. Delfina está sentada en el borde del primer escalón que da salida a las afueras de la casa.

—Ya está dormida. —le indica María a su madre. Delfina cabecea que sí pero no articula palabra alguna. La hija se siente insegura y juguetea con sus uñas simulando que limpia debajo de ellas—. ¿Podemos quedarnos esta noche? Podemos ir a buscar ropa y volver. —La madre se voltea a mirarla confundida.

—¿Por qué quieres quedarte? El turno le toca a tu tío. —le indica Delfina.

—Siento que necesitamos cuidarla.

—No, no nos podemos quedar. Tengo algunos pastelitos encargados y necesito prepararlos.

—Mami, por favor, —lloriquea María— siento que necesitamos pasar la noche aquí. Por favor.

—María, te dije que no. Ve acomodando tus cosas que nos vamos. —le dice Delfina mientras se pone de pie en el escalón con ayuda del balaustre del balcón. Limpia su falda y se encamina hacia adentro de la casa. Ya su hija se le ha adelantado y ha corrido molesta a guardar sus materiales escolares.

Al Delfina entrar, Gerardo se dirige a ella:

—Delfina —le reclama Gerardo con una mirada desafiante—, tienes que calmar tu ira, te está devorando por completo.

Delfina respira hondo mientras tuerce los ojos. Ve a su hija guardando las libretas y el lapicero bruscamente.

Después de que las mujeres se marchan, Gerardo observa desde la puerta de la habitación a su madre dormida. Siente una brisa que le hace cosquillas y se da cuenta de que las ventanas están abiertas. Piensa en cerrarlas, pero su madre ha despertado todas estas noches pasadas debido al calor.

Camina hacia la sala de estar para sentarse. Siente que el cansancio lo invade. Él apenas pudo cerrar los ojos hoy en la mañana por la pendencia del estado de su madre, así que decide cerrar la puerta de enfrente con llave y recostarse en el sillón un rato. Coloca en el tocadiscos, a volumen bajo, el disco de José José que su padre amaba escuchar mientras su madre cocinaba.

Se acuesta en los cojines del sillón color azul cerúleo con almohadas color rosa viejo. Su respirar se estabiliza y su mente se pierde imaginando cómo hubiese sido la cena si su madre hubiese estado cuerda después de despertar. Siente pena por Haydée, apenas veía a su madre y el día que por fin visita, su madre se exalta y la llama Delfina. De pronto, comienza a pensar en eso. Su madre le decía que no bastaba que su primogénita llevara su nombre, también, quería quitarle a su marido. Gerardo se siente confundido.

¿Acaso hay otra Delfina en la vida de su madre?

El sonido del agua saliendo del grifo y ahogándose en el escurridero despierta a Gerardo de un profundo sueño. Exaltado, se levanta del sillón casi dando un brinco. Observa en la cocina, que está a la vista desde donde está parado, la espalda de su madre quien baila suavemente mientras tararea una canción y lava lo que parecen unas papas. Camina de manera precavida hasta donde ella sin mediar una palabra. Su madre se sorprende y con una gran sonrisa lo saluda.

—Hijito, pensé no despertarías. Estoy haciendo algo para que comas antes de que te vayas. Debiste haber llegado cansadísimo de la guardia. Ve, búscame la margarina en la nevera, hazme el favor —le indica Rosa espantándolo con las manos para que busque lo que le ha pedido—. Por estas cosas siempre te dije que te buscaras alguien con quien compartir tu vida. Llegar tarde y hambriento se resuelve con alguien que esté al tanto de ti. Pero tú insistes en ser soltero codiciado. —Rosa comienza a reírse señalándolo con el cuchillo que usa para mondar las papas. Gerardo se siente un poco nervioso con su madre agitando el cuchillo.

—Mother, usted estaba dormida. —le contesta.

—Sí, y ahorita me desperté. Tu hermana estaba aquí temprano, también. Hoy soy todo visitas, al parecer.

—Haydée también vino un rato. —su madre, sorprendida, voltea a verlo. Gerardo espera la respuesta, probando si su madre recuerda el incidente.

—¿Y dónde está?

—Se fue, usted estaba dormida.

—¿Por qué no me despertaron?

—Se veía muy cansada. Podía levantarse de mal humor.

Rosa lo mira pensativa, pero, nuevamente, desvía su atención hacia las papas. Gerardo coloca la margarina cerca de donde su madre trabaja. Camina a la sala de estar y su madre, sin voltear a mirarlo, le exclama: <<Vuelve a poner el disco de José José, me acuerda a tu padre>>.

Una vez están a la mesa con el majado de papa servido a las 11 de la noche, Gerardo le pregunta a su madre:

—Mother, ¿te acuerdas del día de hoy?

—No del todo si te soy sincera. —Rosa actúa de manera nerviosa y contesta con la voz temblorosa.

—¿De qué te acuerdas?

—De la oficina del médico, de tu hermana conmigo, de la Mariquita tan linda y grande, qué mucho se parece a su madre... de... del espejo, mi cara... arrugada —va bajando el tono de voz—. Luego me acosté y desperté, y te encontré acostado con la cara triste, como cuando tienes hambre. —Gerardo suelta una carcajada mientras lleva una cucharada a su boca. Su madre lo mira avergonzada y ríe también, discretamente—. ¿Pasó algo más?

—No, solo dormías —miente Gerardo. Tantos años pretendiendo con su madre lo han hecho un mentiroso hábil—. Oye, Mother, ¿por qué me llamaste Gerardo y no Rodolfo como a mi padre?

—Es una pregunta rara —lo mira su madre curiosa. Gerardo levanta los hombros—. Gerardo era el nombre de tu abuelo. A mi segundo varón lo llamaría Rodolfo, pero nació Haydée.

—¿Y por qué Haydée?

—Pero y este interés muchacho. Haydée fue idea de tu padre. Me dijo que por su hijo no llevar su nombre, al menos, le diera a escoger uno de los nombres de sus hijos. Quizá por eso tenían tanta afinidad esos dos.

—Así que usted le escogió el de Delfina. ¿Por qué la llamó así, Mother?—dice riendo sin mala intención alguna. El rostro de Rosa se torna pálido. Sus labios se prensan entre sí y mira la papa que queda en el plato. Gerardo se percata del cambio de humor—. Mother, ¿está bien? Perdón, no quise enfadarla.

Rosa trata de componerse y esboza una sonrisa.

—Le puse Delfina porque así me lo pidió mi madre. —hace una breve pausa antes de continuar— Voy a acostarme; me siento cansada.

Gerardo asiente y le sonríe amablemente mientras la ayuda a levantarse. Se dispone a acompañarla al cuarto, pero Rosa lo detiene.

—Voy sola si no te molesta, hijo. Dios te bendiga. Cierra la puerta del frente con llave cuando te marches, por favor.

Gerardo la observa mientras las piernas delgadas de Rosa desaparecen de camino al cuarto dormitorio. Prosigue a recoger los platos que están sobre la mesa.

Rosa cambia el camisón extra grande que lleva por otro; el cambiarse una prenda de ropa le da alivio al calor que trae consigo. Hoy el dormitorio está más fresco que otros días. Se recuesta sobre el borde del colchón y suspira. Siente su estómago revolverse. Recuerda haber aprendido hoy que estaba perdiendo su mente. Sabe que algo tuvo que haber pasado para que su hijo comenzara a preguntar cosas que nunca le habían interesado. La mirada que tenía mientras lo hacía le acordaba tanto a su fallecido esposo. Escucha la puerta principal de enfrente cerrarse. Se levanta con cuidado de la cama en donde está sentada y, sigilosamente, se acerca a la entrada del pasillo que se conecta con la cocina y la sala. No ve a nadie. Vuelve a dirigirse a su habitación. Cuando entra, observa en el borde de la cama a alguien. Siente un escalofrío, no obstante, poco a poco se acerca para fijarse en quién es. Por fin, ve el cuerpo que la acompaña.

—Mama, ¿qué hace aquí? —le pregunta, pero no consigue respuesta—. Ayer usted también estaba aquí, ¿verdad? ¿No lo soñé?

—¿Por qué le habló así a mi hija?

—Mama, su hija soy yo.

—¡Usted no es mi única hija, Rosa!

Los ojos de Rosa se comienzan a nublar.

—No venga a llorar ahora. Respóndeme, ¿por qué trata a las personas que la admiran así?

—Mama, yo... yo le he pedido perdón.

—El perdón que no viene del corazón no vale nada. Usted no hubiese gritado de esa forma si no hubiese sentido culpa.

—La vi con Rodolfo... pensé...

—¿Pensó qué, Rosa?

—¡Qué también me iba a robar el amor de él como me robó el suyo!

—¿Aún muerta la celas?

—No está muerta, está vivita.   La hubieses visto, estaba bien sin paños blancos ni batas anchas. Tenía la cara pintada y un traje color rojo.

—Sé como estaba. Yo estaba ahí. Te pedí que detuvieras los gritos. Seguías y ella no aguantó el maltrato. Provocaste la convulsión que la mató. Tu propia hermana... cómo... cómo...

—Mama, no, eso fue la primera vez, pero ella está bien, la vi.

—Mírate, mírate al espejo. Ella está muerta y tú estás decayendo. La vejez te ha demacrado.

—Mama, por favor.

Rosa pisa con su pie izquierdo el espejo que había dejado caer en la visita de Delfina, quebrándolo con el impacto. Se dobla lentamente para recogerlo. Al abrirlo ve el reflejo repetido múltiples veces en el cristal roto.

—Mama —exclama—. ¿Qué haces ahí adentro? Si estás... —mira hacia el colchón, pero no hay nadie—. ¿Quién te ha puesto ahí? No repitas lo que digo, por favor. Mama, por favor, pare. Mama. No me grites, Mama. Mama. Mama... Mama — continúa la lucha entre Rosa y el espejo.

Visiblemente enojada comienza a caminar velozmente hacia el pasillo pronunciando palabras ininteligibles con el espejo roto en su mano. Lo aprieta de sobremanera causando que uno de los vidrios rose vilmente su delicada piel. Chilla de dolor sin percatarse que es el espejo lo que le provoca el rasguño. A su vez, abre la mano y deja caer el espejo al suelo terminando de romperse en más pedazos.

Continúa su paso acelerado llegando a la salida que termina en la cocina. Mira a su alrededor y, a lo lejos, ve a quien parece ser Rodolfo entrando por la puerta de enfrente. Asustada trata de correr de él, encontrando la puerta trasera que ella asegura da al patio exterior. Empuja la puerta con sus manos tratando de abrirla, pero solo provoca que la sangre de su mano derecha quede impregnada en ella. <<Mother>>, escucha a lo lejos y con más fuerza intenta abrir la puerta, logrando soltar el pestillo. Con el mismo impulso que recibe la puerta por parte del cuerpo de Rosa, se extiende hacia afuera, y el cuerpo pequeño y delicado de la mujer se desliza con ella. Provoca que Rosa pierda el balance y caiga bruscamente encima de una cadera. Un grito decora el armario adyacente al baño, que Rosa confundió con el patio exterior, seguido por otro grito desde la sala de estar.

Rosa abre los ojos lentamente esa mañana. Está acostada en la cama de su habitación. Mira hacia el lado y ve a la niña recostada junto a ella con los ojos abiertos. Debe tener hambre. Rosa estira sus pies, trata de levantarse para buscar leche para la pequeña, pero no consigue hacerlo. Al tratar nuevamente de levantarse comienza a sentir un dolor en los glúteos que se va esparciendo por el muslo y la rodilla izquierda. <<Ayuda>>, comienza a gritar.

Una mujer entra a la habitación con una taza en la mano. Rosa la observa mientras gime suavemente sin entender qué sucede. La mujer coloca la taza sobre el tocador y busca un paño color castaño dentro de una tina de metal cerca de la cama donde está acostada Rosa. Pasa el paño húmedo por el rostro y el cuello de Rosa mientras tararea levemente la canción "Si me dejas ahora" de José José. Rosa comienza a mover su pie derecho nerviosa y no aguanta el deseo de orinar. Cuando se da cuenta de su incontinencia toca sus bragas debajo de la bata que trae puesta y siente un pañal. Mira tristemente a la mujer como buscando respuestas, pero sin articular una palabra.

—¿Qué pasa, Rosa? Pregúnteme. Vamos. Usted puede. Yo voy a usted. —le dice a la mujer. Sin embargo, Rosa no dice nada. Mira hacia afuera por la rejilla de la ventana que se encuentra entreabierta dejando pasar aire fresco. La mujer le entrega la taza caliente. Rosa tiembla un poco al tomar la taza, pues el líquido que lleva adentro parece estar más caliente de lo acostumbrado.

—Venga, Rosa, que ese es su cafecito. Caliente, caliente como le gusta, que la queme. —sonríe. Rosa lleva el café negro a sus labios y, poco a poco, lo va degustando; quemando su garganta con el líquido tenebroso que baja tras ella—. Cómo puedo esperar que me hable cuando usted mismo se lo imposibilita. La niña le hará compañía. Puede hablarle a ella lo que no me habla a mí, o dormir. Que descanse. Mi nombre es Delfina.

Rosa abre sus ojos de manera exagerada y su pie derecho se sobresalta, seguido por la palpitaciones de su corazón. Delfina finge una sonrisa y toma bruscamente la taza de la mano de Rosa.

—¡Váyase! ¡Váyase! —le grita Rosa desconsolada. Delfina, su hija, se asoma por el cuadro de la puerta de la habitación de inmediato y ve a su madre gritando hacia la ventana.

—Estoy aquí. Estoy para ayudarte —le dice dulcemente mientras, con una toalla colocada encima de la cama, limpia el rostro sudado de su madre. Rosa respira con dificultad y voltea su cabeza descontroladamente.

—Delfina. —dice Rosa. Delfina decora su cara con una sonrisa pensando que la llama por su nombre.

—Sí, Mother, estoy aquí. —le responde.

—Delfina estaba aquí. No la dejes pasar, señora, por favor. Me quiere atormentar. —Delfina cambia el semblante súbitamente. Endereza su cuerpo que estaba doblado hacia su madre mientras se disponía a ayudarla. Evita una lágrima que se asoma en su ojo izquierdo mientras camina hacia fuera de la habitación dejando a su madre en el colapso de su demencia.

En la sala de estar, marca el número de Gerardo en el teléfono. Escucha el respirar de Gerardo en la otra línea al descolgar.

—¿Aló?

—Gerardo, volvió a mencionar a la otra Delfina. Gritaba y cuando me acerqué a su cuarto dormitorio a verificar qué pasaba le gritaba que se fuera a alguien y luego me dijo que esa Delfina estaba en su cuarto y que no la dejara pasar. —Delfina no contiene la presión en su pecho y comienza a llorar. Gerardo en la otra línea trata de consolar su llanto—. No sé si pueda aguantar esto, Gerardo. ¿Por qué Mother actúa así?

—Está enferma, Delfina. No hay ninguna otra explicación. —le dice Gerardo— Hace dos semanas se cayó y se rompió la cadera en un episodio traumático. Después de estar sedada por el dolor, no hablaba, solo se quejaba. Nico dijo que el área estaba muy inflamada. También, tienes que acordarte del golpe en la cabeza. Fue un poco más que un simple golpe. Le provocó un hematoma. Ella...

—Lo sé, Gerardo, evita el sermón —interrumpe Delfina— a ti te llama como a mi padre. En ti ve a nuestro padre. En mí no ve a nadie, y mi nombre es un recuerdo agrio. —la voz de Delfina es temblorosa.

—Al menos te puede ver, Delfina. Recuerda el último episodio con Haydée. —le menciona Gerardo. Delfina suspira y no responde—. Estoy llegando a casa, voy a recostarme. Hablamos en la tarde. —Delfina cuelga el teléfono perdida en pensamientos mientras lo hace. Suspira nuevamente mientras se acomoda el traje que lleva puesto y se encamina a la cocina a preparar el desayuno.

En la tarde, María llega del colegio con la cara colorada como si hubiese corrido en un maratón.

—Te quemaste del sol, ¿dónde andabas? —le pregunta su madre al ver la carita de la joven entrar por la puerta principal.

—Hoy tuvimos una prueba atlética en el último periodo. No siento las piernas. —se queja María mientras abre la boca en busca de aire con sus manos a la cintura—. ¿Cómo ha estado hoy? —indaga sobre su abuela. La cara de su madre se torna un poco triste. María piensa que no le responderá pero lo hace.

—Tuvo un pequeño desliz mañanero, pero mejoró. Ha comido y descansado. Se ha quejado menos hoy que en las últimas semanas.

—Voy a leerle sus oraciones.

—Primero asegúrate de que esté de humor.

—Siempre está de humor para las oraciones, Mami.

María se dirige al cuarto dormitorio de la abuela después de colocar sus pertenencias en el suelo al lado de una de las patas de la mesita cuadrada del comedor. Al María entrar al cuarto dormitorio, Rosa cambia la mirada fija en las ventanas de aluminio, que permiten que el sol se decore en franjas sobre el cuerpo arropado bajo las mantas, hacia ella. María le sonríe mientras busca en la gaveta del tocador el librito de oraciones de la abuela. Cuando lo consigue, lleva la silla de aluminio que descansa encima de la pared y la hala, colocándola al lado de la abuela para sentarse. Vuelve a sonreír esperando un gesto de cordialidad de parte de Rosa. Sin embargo, su abuela hoy no está en ánimos de sonreir. María busca entre las páginas. Al conseguir una oración que le gusta, comienza a leer. Rosa la escucha atentamente por un rato. Una que otra vez sonríe ante la voz de María.

María sabe que el humor de su abuela está mejorando, y eso la consuela. Continúa su lectura.

—Mariquita, —la interrumpe su abuela— ¿sabes por qué nunca me olvido de ti ni aun en mi locura como me mencionaste aquella vez?

María levanta su mirada de las letras estampadas en las hojas del libro para ver a su abuela. Los latidos del corazón están acelerados y siente un golpe dentro del pecho.

—¿Abuela? ¿Volviste?

—Siempre estoy, Mariquita. Pero a veces... a veces... —Rosa trata de hablar pero su respirar le dificulta hacerlo—. ...a veces estoy solo ida. Rosita está ida. —Rosa comienza a reírse—. ¡Qué disparates digo!

—Abuela, no trate de esforzarse, le puede hacer mal. Yo puedo seguir leyendo.

—Es que, Mariquita, tengo que decirte porque te recuerdo.

—Hable, abuela.

—Es que eres lo más lindo que nació en este mundo. Amo a mis hijos, pero tú eres sol. Tú eres lo que yo quería ser a tu edad: amable, bonita, servicial, querendona. —los ojos de María comienzan a nublarse, su abuela continúa— yo... yo... no soy perfecta, Mariquita. Cometí errores con tu madre, con mis hijos, con tu bisabuela y tu tía abuela también. —María no comprende el significado de las palabras de Rosa.

—Abuela, nadie es perfecto. Todos erramos. Usted hizo lo mejor que pudo.

—Yo lo que hice fue esconder todo bajo una alfombra. Pensar que llamando a tu madre por el nombre de aquella a quien le había quitado la vida podría... po... po..... podría devolverle la vida que perdió por mi culpa.

—Abuela, no diga eso. Usted está confundida.

—No, tú, Mariquita, no, tú... que pienses que estoy loca. ... sí... sí... lo estoy, pero... pero ahora mismo no. Yo le gritaba a Delfina.

—Abuela fue un episodio. Usted no estaba consciente...

—Yo le gritaba que si también quería a mi marido, si no le bastaba con Mama. Mama siempre estuvo... tan... tan..

—Abuela...

—Tan al pendiente por su condición. —el pie de Rosa comienza a agitarse—. Mama, evitaba las convulsiones y yo,... yo... se la provoqué con mis gritos... yo la... la maté, Mariquita. —los ojos de Rosa se convirtieron en fuentes de lágrimas y su mano comienza también a temblar. María está nerviosa y mira hacia la entrada del cuarto por si ve la figura de su madre acercarse—. Mariquita, tú eres más de mi hermana que mía, y yo por eso... por eso te recuerdo siempre, porque eres lo que ella podía tener a través de tu madre y yo lo quería mío. Por eso hace tanto calor aquí, porque el infierno me toca vivirlo... vivirlo en carne propia. Viéndote, recordándote, teniéndote... quitándote de Delfina... de mis dos Delfinas.

—Abuela, por favor, no siga, está mal. —María con la yema de sus dedos limpia las lágrimas que bajan en grupo por la cara de Rosa—. ¡Abuela! Está ardiendo. ¡Mami! ¡Mami! ¡Ven! ¡Mami!

María se pone de pie para correr en búsqueda de su madre. Rosa la mira fijamente con una mirada aturdida y una vaga sonrisa pintada en los labios resecos que carga. El corazón de María palpita aceleradamente y choca con su madre cuando esta viene a toda prisa debido a los gritos de su hija.

—Mami, tiene fiebre. Está ardiendo, Mami —dice María en llanto señalando a su abuela. Delfina corre a donde su madre. La ve con el brillo en la cara. <<Mother>>, le susurra.

—Delfina —dice Rosa encorvando una sonrisa mientras tirita encima del colchón. Delfina pone sus manos sobre su rostro y está ardiendo viva—. Delfina.... Finita... perdóname... quédate con tu hija, te la regalo, es tuya... vive lo que no te dejé vivir ni muerta ni en vida... —el tono de voz de Rosa disminuye mientras con su mano temblorosa agarra la de Delfina. Como si un último soplo le diera y quitara la vida, la cortina violeta translúcida se mueve hacia delante con la brisa que entra por la ventana y acaricia a Rosa por última vez.

—No, Mother, no, aguante. —dice Delfina.

—Abuelita, Mariquita está aquí con usted. —le indica María.

No obstante, Rosa no responde. Sus ojos abiertos y fijados en las ventanas de aluminio entreabiertas se van decorando con las franjas anaranjadas por la puesta del sol. A veces, el sol sale para todos, a veces, no.

EPÍLOGO

Despierto desprevenida al escuchar un ruido en la cocina. Miro hacia el lado izquierdo de la cama y veo su cuerpo dormido descansando junto a mí. Suspiro y remuevo la sábana para caminar hasta la cocina. Está oscuro; mis ojos se entrecierran tratando de entender la oscuridad que me acompaña. Un estrepitoso cantazo hace que mi cuerpo se estremezca. Me giro lentamente pero no veo nada fuera de lugar a mi alrededor. Corro hasta el interruptor de luz y enciendo la bombilla con luz tenue. Sí, todo está normal. No hay nada fuera de lugar que me indique de dónde viene el sonido. ¿Lo escucharé solamente yo?

Vuelvo hasta el cuarto dormitorio y todavía duerme pacíficamente. Sí, debo ser yo. Regreso a la cocina a prepararme un té de manzanilla. Mi madre en mi situación se prepararía un café, pero odio el café. Me trae malos recuerdos, me hace alucinar, me carcome, me destruye, me detiene el tiempo y no me lo devuelve. Coloco la olla gris y pequeña en la hornilla de la estufa y observo cómo es abrasada por el fuego. Eso también me trae recuerdos, pero hago ejercicios de respiración y me tranquilizo.

Una vez el té está listo, busco la taza crema blancuzca en la alacena y filtro el agua con hojas de manzanilla en ella. Las hojuelas permanecen desnudas y débiles en el colador, ya han servido su propósito y me deshago de ellas. Camino hasta el sofá color marrón claro y me desplomo en él. Prendo el televisor con el volumen silenciado, concentrándome en las imágenes televisivas que he visto antes, pero me traen consuelo. Sin saberlo, ya estoy dormida.

Despierto en la mañana con los bocinazos de los carros que transitan la vieja carretera frente a mi casa. Estiro mis brazos y mi espalda se queja por haber dormido sentada en el pequeño sillón. Me levanto y camino hasta el cuarto de baño buscando entre mis pertenencias el bálsamo idóneo para estos dolores musculares. Cuando lo tengo en mis manos, me dirijo al cuarto dormitorio donde todavía duerme.

—Mami, levántate, úntame un chispito de manteca de ubre en la espalda que no la aguanto. —digo mientras jamaqueo el cuerpo pesado y frío de mi madre.

Ella se voltea a verme con una mirada vacía y toma la crema de mis manos. Levanto mi camisón hasta la mitad de la espalda y siento el frío de la manteca adherirse a mi piel.

—¿Quieres un tecito cuando termine de recuperarme? —le pregunto, pero ella no responde. Termina su faena y vuelve a desplomarse junto a mí. Acaricio su mejilla arrugada, su pelo blanco y le sonrío—. Está bien, Mamita, yo te hago el cafecito.

Al paso de una hora, me levanto estirando mi cuello, mis brazos, mi espalda y bostezo antes de continuar con las encomiendas del día. Prendo la hornilla de la estufa en la cocina y doy paso a prepararle el cafecito a mi madre. Tuesto unos panes integrales rodeados de pequeñas semillas de colores ensalzando su exterior. Ella se sienta a la mesa del comedor, callada como permanece últimamente.

—Mami, ¿con o sin mantequilla?

No responde. Unto un poco de mantequilla y vuelvo a estirarme. El dolor de espalda se me ha trepado hasta los hombros y se esparce en la parte baja de mi cabeza que conecta con mi cuello. Cuando estoy por colocar las tostadas en el plato de cerámica, vuelvo a escuchar el estruendo de anoche. Asombrada, dejo caer el plato y se hace trizas sobre el suelo. <<Carajo>> digo entre dientes. Mi madre todavía permanece inmóvil sentada a la mesa. Busco la escoba y comienzo a barrer los pedazos de cerámica ligados con las tostadas marrones. Barro los restos hasta una esquina. Al llegar, me agacho por falta de energía. Escucho el teléfono sonar. Vuelvo a ponerme de pie, estirando una vez más mi cuerpo que parece una vieja guitarra tratando de cantar su última canción. Camino hasta mi mesa de noche, dejando a mi madre con la mirada fija en el florero en el centro de la mesa del comedor.

Tomo el celular en mis manos. Descuelgo la llamada.

—¿Aló?

—Hey, ¿cómo estás? ¿No vienes a trabajar hoy? —me contesta la voz masculina desde la otra línea. Miro la fecha en la pantalla del teléfono, ¡lunes! Habría jurado que era domingo.

—Ay, qué pena, pero Mami está malita. Le llego mañana. Excúsame con el boss, por favor. —cuelgo la llamada antes de que me conteste. Apago el móvil. No deseo hablar con nadie más. Llego hasta la cocina para encontrar a mi madre mirando fijamente el espejo, cubierto en papel de traza, colgado en la pared.

—¿Qué haces, Mami? —le pregunto. Ella gira su rostro hacia mí y apunta al espejo que intencionalmente cubrí—. Ahí no hay nadita. Vente para acá conmigo que el café está casi listo.

Ella toma pasos de tortuga y vuelve a sentarse a la mesa y observa el florero sin mediar una palabra. Suspiro hondo. Vierto el café negro en su tacita y voy mezclándolo con leche de almendra. A Mami no le gusta la leche de almendra, dice que no tiene gusto, no como la de vaca, pero le he dicho una y otra vez que la leche de animal hace daño, demasiada grasa, no es natural; así que sigo mezclando, sutilmente, la leche con el café. Busco entre las cajas en la alacena hasta dar con el endulzador Stevia y vuelvo a mezclar el líquido marrón claro. Lo huelo, eso sí disfruto de la bebida. Su aroma me trae recuerdos a un pasado que no conozco, que solo me resulta borroso y prefiero dejar en el olvido.

—Mira, Mamita, aquí está tu cafecito. —estiro mi brazo entregándole la bebida. Ella solo mira al maldito florero. Qué tiene el florero. ¡Qué tiene! Ah, brilla, puede servir de reflejo. No, pero qué astuta me ha salido mi madrecita. Tomo el florero de la mesa. Derramo el agua y las flores en el fregadero. Escucho el agua escurrirse por los tubos y el olor de las flores casi marchitas me devuelve a la realidad. Me encamino hacia el cesto de basura y, cuando estoy a punto de abrirlo, me alerta el ruido espantoso una vez más. Casi dejo caer el florero pero, por suerte, logro agarrarlo antes de que termine en el suelo. Abro el cesto y permito que termine su travesía en la basura. Mi madre no está sentada a la mesa cuando mi mirada vuelve hacia donde ella estaba momentos atrás. Corro hasta el cuarto y con la mano en el pecho, y el corazón en la boca, veo que está acostada en la cama nuevamente. Suspiro aliviada.

Me devuelvo al comedor, me siento a la mesa, tomo la taza de té que había preparado para mí y disfruto el sabor gredoso de la cúrcuma, para la inflamación, coladito con leche almendra, endulzado con Stevia. Qué vacía se ve la mesa sin el florero. No me he deshecho de él adrede o por manía, pero mi madre sufre una condición desde muy joven que le provoca terror mirarse en un espejo y ese florero puede servirle para ver su reflexión y perder la cabeza. Mi abuela nos contaba, cuando venía a visitarnos, que Mamita había sufrido un evento postraumático en su juventud. También, nos decía que los espejos reflejaban las verdades de uno y ella no se fiaba de su realidad.

Fue difícil criarme en un hogar sin poder ver mi reflexión, en especial en el pico de la adolescencia cuando deseaba ver cuán bien me quedaba el gloss o si no me había salido otra espinilla antes de salir de la casa. Cuando conseguí mudarme de la casa de Mami, compré un apartamento y lo llené de espejos, pasaba todo el día mirando, elogiando, estudiando mi ser. Le dije a Mami que no me podía visitar, que nos encontráramos en el parque y que yo la visitaría a ella. Cedió, eso sí, Mami era muy complaciente.

Me acerco al espejo que Mami apuntaba unos minutos atrás. El papel de traza está machucado como si hubiesen intentado deshacerse de él. Respiro furiosa. Camino hasta el cuarto dormitorio lista para dejar salir mi furia. Sin embargo, no hay nadie en la habitación, la cama está soleada. Golpeo puños contra el lecho de igual manera. Escucho otro ruido estrepitoso en la sala. Vuelvo a correr hasta allí, cansada de todo el movimiento matutino. El espejo está en el piso hecho trizas, Mami, al lado del objeto, muda.

—¿Qué haces? ¿Qué disparate es este? —le grito a todo pulmón. Ella solo me mira mientras busco la escoba para barrer el desastre que dejó. Deposito los pedazos en el recogedor mientras avanzo al bote de basura. Trato de apaciguar mi enojo—. Tienes que tener más cuidado, Mamita. Tú sabes...

Detengo mis palabras porque al levantar la vista hacia el espejo veo que Mami ya no está parada en la esquina. Suspiro, suspiro, suspiro, qué hice, qué hago, qué haré. Escucho el teléfono sonar. Pensé que lo había apagado. Al llegar hasta él, observo la pantalla que alumbra la habitación del cuarto dormitorio, oscura porque las cortinas están juntas. Descuelgo aterrada.

—¿Aló? —digo en voz baja.

—¡Dios! ¿Por qué no contestas? —me responde una voz familiar al otro lado del teléfono— algo le ha pasado a Mami.

—¿Qué? —le pregunto aterrorizada mirando por todos lados sin rastros de mi madre.

—¿Dónde estás?

Vuelvo a escuchar el sonido de un golpe retumbar en mis oídos. El teléfono en la mesa brilla sin cesar y la música que lo acompaña anuncia una llamada. Sigo escuchando golpes. Cristales tocando suelo, floreros tocando suelo, partes de mi cuerpo tocando suelo. Cierro mis ojos porque estoy en un abismo, mis manos rígidas y a la vez suaves chocan contra el suelo frío. Mis piernas igualmente rígidas, pero ligeras tiemblan al golpear el piso. Escucho el ruido estrepitoso de mi cuerpo encontrándose con el frío de la loseta dar pequeños golpes como si compusiera música.

***

Abro los ojos lentamente. Mis párpados se sienten pesados. Miro a mi alrededor y estoy acostada en mi cama sin nadie a mi lado. Hace unas horas estaba tirada en el suelo. Eso lo recuerdo. He sufrido convulsiones antes, puedo contarlas con los dedos de la mano, pero cada una de ellas es una experiencia nueva. Lo que sí es igual es que mi cuerpo se estremece y caigo tendida en el piso en un estado de parálisis y movimiento, vaya contradicción. A veces, no recuerdo nada de lo sucedido, solo siento un estado de paz cuando mi cuerpo se estabiliza y vuelvo en sí. Otras veces, como hoy, mi mente juega conmigo, me hace vivir, nuevamente, experiencias ya vividas y se funden con la percepción de lo que pudo haber sido. Parecen momentos tan cercanos a mí. Es como si la otra vida tratara de comunicarse conmigo.

Me levanto de la cama y acomodo mis pantuflas. Camino lentamente hacia la cocina. Me encuentro con un desastre. El florero de la mesa de comedor yace en pedazos sobre el piso, ahora, una decena de tazas decora la mesa. Me acerco a ver el contenido de las mismas y parecen estar surtidas entre tés y cafés. Me duele la cabeza. Con mi mano derecha toco mi sien tratando de liberar la presión acumulada en ella. Es ahí cuando veo en la esquina de la sala de estar el espejo que heredé de mi madre hecho trizas en el piso. Siento un dolor en el pecho, se me quebranta el alma. La cabeza continúa manifestando presión sobre mí. Temo que se repitan los acontecimientos de hace unos momentos, aunque es improbable, no es imposible, por lo cual comienzo a hacer ejercicios de respiración. Las llamadas... el teléfono sonaba mientras estaba tirada sobre el suelo. Vuelvo a la recamara y encima de la mesita de noche descansa el celular.   Tengo varias llamadas perdidas y algunos mensajes. Desbloqueo el dispositivo. Llamadas perdidas de la escuela en donde trabajo, miro la fecha: es lunes, ¿eso no fue parte del episodio? Devuelvo la llamada. Descuelgan el teléfono.

—¿Aló? —contestan desde la otra línea.

—Buenas, es la Sra. Figueroa. —respondo.

—Hola, Misi, no se presentó a trabajar hoy.

—Sí, perdónenme, tuve una recaída en salud. Es ahora que me estoy recomponiendo. Mañana estaré por allí como siempre.

—No hay problema, Misi. Le dejo saber a la Sra. Rodríguez. Que se mejore.

—Gracias—. Cuelgo la llamada y marco el número de Gilberto. También tengo una llamada perdida de él y varios mensajes de "llámame", "¿Estás ahí? Contesta, por favor".

El timbre del celular suena varias veces. No responde, quizás está ocupado. Cuando estoy a punto de suspender la llamada, escucho su voz al descolgar.

—Rosita —dice en un susurro.

—Gilberto, ¿qué pasó? Sonabas tan preocupado.

—¿Por qué no contestabas?

—Gilberto, qué pasa.

—Estoy acá en el trabajo y de momento me comienza una ansiedad. No puedo controlarme, estoy hasta sudando. Necesitaba saber que tú estabas bien y no contestabas. Traté de salir e ir a checarte, pero llegó uno de los clientes del proyecto que estoy a cargo—. Lo escucho detenidamente mientras habla sin mediar una palabra.— Me asusté, Rosita. Siempre que te pasa, lo siento. ¿Te pasó? —las ventajas y desventajas de compartir el vientre con un hermano, lo que luego se siente en el plano terrenal.

—No te voy a mentir, sí. Pero estoy bien.

—Lo sabía. No debes quedarte sola. Quédate con Sandra y conmigo esta semana. Puede ser peligroso.

—No, Gilberto. Soy una mujer adulta. Escúchame, ya estoy bien, lo prometo.

—¿Y tu alrededor? ¿Cómo está? Cada vez las recaídas son más profundas, desde que Mami no está con nosotros. Tú lo sabes. ¿Todo a tu alrededor bien?

—Estable.

—Rosita... —dice acentuando mi nombre.

—Berto, ya, plis. Todo está bajo control. Llamé a la escuela y mañana vuelvo. Cuídate, ¿sí?

Cuelgo la llamada con el corazón en la boca. Me aseguro de, esta vez, apagar correctamente el dispositivo. Conociendo a mi hermano, volverá a llamar. Camino hacia la sala de estar y mi cuerpo se desplaza hasta llegar a un pequeño armario que sostiene libros y álbumes viejos. Ya no hacen álbumes como antes, pero tengo varios que heredé de mi mamá. Abro el que es de un amarillo claro y que está cubierto en polvo y me siento en la esquina del sillón , moviendo hacia el lado algunas cosas que descansan sobre él. El televisor está prendido en volumen bajo y sirve como ruido de fondo.

Miro las fotos, veo la figura que era de mi madre a los 8 años, pequeña y risueña, con sus rizos alborotados. Observo a mi abuela, que parece más abuela que madre. Mi madre siempre decía que la abuela era madura para su edad y su cuerpo se ajustaba a ello. En otra foto está Mami junto a su abuela que falleció cuando Mami era adolescente.

Abuela me contaba que ella y Mami eran compinches y cómplices de aventuras. Mi bisabuela padecía demencia. Cuando Abuela se iba, Mami me contaba que su abuela nunca se olvidó de ella pese a la enfermedad. De chiquita le creía. Mientras crecía, solo sonreía cuando me lo decía y cabeceaba. Era igual con los espejos. Abuela decía que su obsesión (o miedo) estaba fijada al efecto postraumático de un evento en su juventud. La mayoría de las veces Abuela decía que el miedo era a causa de ese accidente, pero, a veces, me decía que el miedo era porque Mami veía cosas al mirar los espejos. Pensé que Abuela solo quería asustarme para que dejara el tema así que un día me atreví a preguntarle a mi madre. Me respondió despreocupadamente: <<Abuela me pide ayuda desde el más allá y no sé cómo ayudarla. No puedo verla sufrir, no más>>. Tuve pesadillas las próximas noches, mi abuela reprendió a Mami y me dijo que me había advertido. <<Ya debes saber más que eso, Rosita. Ya tienes 14 años, por el amor de Dios>>.

Después de que Abuela falleció, en mi etapa de adulta independiente, en uno de nuestros encuentros en el parque, sin espejos ni distracciones, saqué el valor para preguntarle a Mami por qué me había llamado por el mismo nombre que el de su abuela. De chiquita, ella siempre me decía <<Rosita como mi abuelita>>. Pero mientras crecía, y ella menos gustaba de los espejos, dejó de decírmelo. Al preguntarle, Mami me miró curiosa, respiró de la brisa que acariciaba su rostro y jugueteaba con su cabello antes de contestar: <<Pues, para no olvidarme de ninguna nunca>>. No entendía. <<Tu abuela tenía el nombre de su Tía, y aún así, Abuela Rosa la olvidaba. Si yo corría su mismo mal tenía la esperanza de al menos recordar el nombre de una de las mujeres que más amo... como promesa de no olvidar nunca>>. Sonreí afectada y agarré su mano, arrugada y cálida, en el banco de madera que nos sostenía en esa tarde mientras observábamos una puesta de sol. <<¿Debo entonces llamar a mi hija María?>> le pregunté. María era el nombre de mi madre. Ella soltó una carcajada.

Siempre guardo con ternura ese día.

Coloco el álbum sobre el cojín del sofá y estiro mis brazos. Todavía no me he dispuesto a recoger el desorden que dejé entre la sala y la cocina. Así que decido empezar. Comienzo con la mesa de comedor y las tazas de cafés y tés. Dejo el espejo en pedazos para lo último. No sé por qué los tapé ni el estado en el que me encontraba cuando lo hice, ni mucho menos, porque había roto el de mi madre. Pero estaba hecho y necesitaba, al menos, recogerlo y dejarlo atrás. Con la escoba en mano, me acerco a los pedazos de cristal roto en el suelo. Los barro, entre ellos veo mi reflejo, pero siento que hay algo más. La piel se me eriza. Una corriente eléctrica se esparce por mi cuerpo, comenzando por las piernas y terminando justo entre el cuello y la cabeza.

Trago hondo mientras continúo barriendo, evitando mirar el reflejo que se dibuja en lo que queda del espejo. Me deshago de los cristales y remuevo la bolsa de basura del zafacón para evitar tener que enfrentar mi reflejo cada vez que visite el cesto de basura. Estoy por salir por la puerta de enfrente para deshacerme de la bolsa negra plástica cuando escucho un estrépito al fondo de la habitación. Me detengo. Acomodo la bolsa de basura junto a la puerta y camino hacia el cuarto dormitorio.

De camino, me detengo a observar la pared contigua a la puerta de la recámara. Un espejo ovalado blanco cuelga ahí, ahora cubierto en papel de traza como todos los demás espejos en la casa. Sin embargo, otra peculiaridad, el papel ha sido excavado y hay una abertura. Justo como la que pensé haber visto en el espejo que heredé de Mami antes del episodio... ¿o durante el episodio? Entro al cuarto dormitorio, con las manos frías, las piernas cojeando y el corazón retumbando. Sentada sobre la cama está Mami y me sonríe. Abre la boca juguetona y me pregunta:

—¿Por qué me sigues tapando?

AGRADECIMIENTOS

Cuando pienso en todas las personas que quisiera agradecer desde mis comienzos hasta donde he llegado el día de hoy, la lista se me hace larga. Tantas y tantas personas de gran corazón e intelecto literario y emocional me han acompañado en esta travesía. Lolamento comenzó con refranes siendo convertidos en representación visual, de ahí, surgió convertirlos en cuentos e historias.

El primer libro de LolaMento, Dalia, fue la primera piedrecilla en la edificación de lo que es este rinconcito. Con Dalia llegamos a diferentes librerías a través de la isla bella de Puerto Rico, a la televisión, a países como los Estados Unidos, Canadá, España y hasta al Reino Unido—y con libro físico porque aún no hay versión digital del mismo. Dalia también fue mención honorífica en los International Latino Book Awards 2020 en la categoría de mejor libro de cuentos cortos en español y es algo que todavía no me lo creo.

Para el 2020, cuando comenzó la pandemia escribí esta novelita corta que te entrego hoy. Es completamente ficción pero sí reconozco que me inspiré mucho en mi relación nieta/abuela con mi fallecida abuela paterna. Todos esos momentos de dulzura entre Rosa y María se los dedico a su memoria. Gracias Abuela Lola por querer escucharme leer y emocionarte por ello.

Gracias a Amanda, mi editora, que ha estado conmigo desde los comienzos del proyecto. Gracias a mi familia y amigos cercanos que me han apoyado enormemente con el primer lanzamiento y siguen haciéndolo todavía. Gracias a mi pareja y a mi hija que me impulsan a seguir con este proyecto y hacen uno conmigo en todos mis inventos. ¡Javier y Tiffany los amo!

Gracias a mis amigas escritoras que han estado conmigo como cheerleaders y en sesiones de escritura animándome a seguir type, type, type: Linda Shantz, Alexandra Román, Sarah Ortiz, Mariely Vélez y Karlié Rodríguez.

Gracias a todas las librerías en Puerto Rico que se esfuerzan en promover esta industria de una manera tan noble, pero en especial a Liz Arroyo que ha sido esencial en mi crecimiento como emprendedora de este proyecto.

Gracias a ti que me lees hoy, esto no sería posible sin tu apoyo ni lectura.

Recuerda, #cuentaloconunrefran

Con cariño,
Michelle

¿QUIÉN TE ESCRIBE?

Michelle Lopez es ingeniera de día y escritora de noche. Vive en Puerto Rico con su familia. Su primer libro publicado es una colección de historias cortas titulado Dalia. El libro fue ganador de mención honorífica en la categoría de Mejor Libro de Cuentos en el 2020 International Latino Book Awards (ILBA). Es la fundadora del proyecto Lolamento, que busca preservar el uso de refranes en la cotidianidad puertorriqueña a través del arte y la literatura. Es amante de la lectura y la dramatización. Le divierten los juegos de mesas y aquellos que se juegan en el carro durante viajes largos.

Sigue a Michelle y a Lolamento en las redes sociales :
@quelolalolamento

Made in the USA
Columbia, SC
13 November 2023

26023282R00067